词语的诱惑与真实

[法国] 伊夫·博纳富瓦 著

陈力川 译

译林出版社

图书在版编目（CIP）数据

词语的诱惑与真实：汉法对照／（法）伊夫·博纳富瓦著；陈力川译．—南京：译林出版社，2019.9

（镜中丛书）

ISBN 978-7-5447-7886-2

Ⅰ.①词… Ⅱ.①伊… ②陈… Ⅲ.①诗集－美国－现代－汉、法 Ⅳ.①I565.25

中国版本图书馆 CIP 数据核字（2019）第 122614 号

著作权合同登记号 图字：10-2018-583 号

词语的诱惑与真实 ［法国］伊夫·博纳富瓦／著 陈力川／译

责任编辑 吴莹莹
装帧设计 韦 枫
校 对 孙玉兰
责任印制 颜 亮

出版发行 译林出版社
地 址 南京市湖南路 1 号 A 楼
邮 箱 yilin@yilin.com
网 址 www.yilin.com
市场热线 025-86633278
排 版 南京展望文化发展有限公司
印 刷 江苏凤凰新华印务有限公司
开 本 890 毫米 × 1240 毫米 1/32
印 张 6.5
插 页 4
版 次 2019 年 9 月第 1 版 2019 年 9 月第 1 次印刷
书 号 ISBN 978-7-5447-7886-2
定 价 58.00 元

“镜中丛书”总序

自2010年起，由我主持的“国际诗人在香港”项目，每年邀请一两位著名的国际诗人，分别与优秀的译者合作，除了举办诗歌工作坊、朗诵会等一系列诗歌活动，更重要的是，由香港牛津大学出版社出版双语对照诗集的丛书。到目前为止，已有九位应邀的国际诗人和译者合作出版了九本诗集，形成了一个小小的传统。这套丛书再从香港到内地，从繁体版到简体版，由译林出版社出版，取名为“镜中丛书”。按原出版时间顺序，包括谷川俊太郎、迈克·帕尔玛、德拉戈莫申科、盖瑞·施耐德、阿多尼斯、特朗斯特罗默、伊夫·博纳富瓦、卡柔·布拉乔和高桥睦郎的九本诗集。

与此并行的是“香港国际诗歌之夜”——自2009年起创办的香港国际诗歌节，每两年一届。这两个诗歌项目交织互补，为香港提供独特的文化平台，进一步形成汉语诗歌与国际诗歌的双重推动力。

这套丛书的设想基于以下考虑：首先，在国际诗人与汉语译者的文本互动之中，跨越语言的边界；其二，对多语种的译者提出挑战，为丰富现代汉语提供新的品质及方向；其三，在国际诗人、译者和读者之间，在文本对应与参照中，构成某种内在张力，激活一连串语言内外的连锁反应。

这套丛书首先面对的是院校外语专业的大学生，以及初学或精通外语的读者，当然也包括学者、译者和诗人同行。

“镜中丛书”是我和同行合作编辑出版的中英、中法等一系列双语对照诗集丛书的“兄弟姐妹”，共同组成了一个国际诗歌的“大家庭”。诗歌是人类精神家园的保证，也是一个民族苦难中的幸运。

北岛

2015 年 7 月 21 日

伊夫 · 博纳富瓦

目录

译者前言：
“可辨听的另一种语言”

《可辨听的另一种语言》（*L'Autre langue à portée de voix*）是博纳富瓦2013年出版的一本文集，主要讨论诗歌翻译问题。2013年10月24日我与博纳富瓦初次见面，向他介绍北岛主编的“国际诗人在香港”（在内地出版时更名为“镜中丛书”）这套丛书和《博纳富瓦诗选》的出版计划。我对他说：“我不是诗人，不知道自己是否有资格翻译您的诗。”老诗人带着善意的微笑回答说：“即使诗歌的译者本身不是诗人，他在翻译的过程中也会成为诗人。诗人和他的译者之间有一种亲密的关系。这是两个相互诉说和倾听的声音。”说完，他将不久前出版的《可辨听的另一种语言》连同其他几本书题字送给我。

在翻译这本诗选的时候，我对博纳富瓦的这番话有了与当时不同的理解。译诗是一种诗的语言在另一种语言中寻找自己声音的过程，有时它苦于找不到自己，有时惊讶地听到自己在外语中异样的声音，有时竟然忘记了自己的存在，与另一种声音合一。译诗和写诗同样是一种语言行为，译诗的行为在写诗的行为中诞生，写诗的行为在译诗的行为中复活。博纳富瓦的一首短诗《低垂的树枝·二》像是对这一过程的诗意表述：

一片直达天边的草原，
一个唯一的思想，
这里命名他乡，通过鹤的飞翔，
我一心只顾回忆

泛起的当下，这是一个涌浪，
广袤的外界在言语中
与组合的和分解的
有意的和无意的言归于好。

身着方格裙子的小姑娘，微笑着走来，
一切的结局都将是
词语留在色彩上的皱褶。

用外国夏日的阳光，
把自己包裹，
身子抱紧词语和它的影子。[1]

博纳富瓦与法国近现代诗歌

简单地说，法国近代诗歌的传统是抒情和雄辩，诗人以先知的勇气和高尚的情操为真理和正义代言。维克多·雨果无可争议地被视为这一传统最伟大的代表：

啊 真理！
你们知道我有翅膀。
……

无论恶破坏或建设，
臣服或称王，
你知道，正义，
我向你前进！[2]

1 摘自本书。

2 Victor Hugo, *Les Contemplations*, II, IBO，陈力川译。

从19世纪中叶开始，仅比雨果收录上面那首诗的《静观集》的出版（1856）晚一年，以波德莱尔的《恶之花》（1857）为标志，萌发了法国现代主义诗歌：诗歌不再被当作抒情和雄辩的工具，而以一种有意识的言说释放潜意识的秘密，词语本身获得了比其表达的思想更重要的意义，对外界真实的再现让位于个体存在和经验的再造。在波德莱尔之前，奈瓦尔已经开始了对诗歌本质的质询。在波德莱尔之后，兰波和马拉美继承了这一传统。这场在诗坛悄然发生的革命与塞尚和印象派画家开启的现代主义艺术几乎同步。

兰波对博纳富瓦的影响主要表现在诗歌揭示了人与语言和世界、人与人一种新的关系：

星星在你的耳心哭泣玫瑰，
洁白无限从你的颈项滚入腰间，
海洋在你鲜红的双乳生出棕红的珍珠，
男人在你高傲的肋下流出黑血。[1]

这首诗的前三句像是对女人身体（金星代表维纳斯女神？）的赞美，而最后一句的意思好像是作为慈

1 Artur Rimbaud, *Poésies*, *L'Étoile a pleuré rose*，陈力川译。

爱和情爱的化身，女人却使男人蒙受痛苦。

马拉美对博纳富瓦的影响表现在世界是虚无的。虚无导致焦虑，甚至惶恐。马拉美在给一个朋友的信中写道：“在发现了虚无之后，我发现了美。”博纳富瓦说马拉美是在虚无和美的双重影响下写作。马拉美写过一首名为《焦虑》的诗：

今晚我不来折磨你的身体，唉 畜生
你背负着一个民族的罪孽，我也不在
你的污发中吹洒凄风苦雨
我的吻在上面倾洒不可救药的忧郁

我向你的床索要无梦的酣睡
它在内疚的神秘帷幔下飘荡，
你可在卑劣的谎言后品尝，
你对虚无的认识胜过死者：

因为罪恶啮噬了我生来的高贵
给你我都打上了贫瘠的烙印，
而当你石头的胸膛里住着

一颗任何罪行的牙齿都无法伤害的心，

我逃逸，面色苍白，憔悴，被裹尸布缠绕，
独自入睡的时候害怕死去。[1]

这首诗好像是一个男人对一个女人说话，他不爱这个女人，每一句话都充满侮辱的字眼，但他需要她，甚至离不开她，比起这个令他憎恶的女人，他更怕焦虑、孤独和死亡。

对博纳富瓦影响最大的是波德莱尔。博纳富瓦将《恶之花》称作“圣洁的书”，“我们诗歌的巨作”。正是这些“病态的花”成为“话语的真实”的典范。这种“真实直接来自受伤的身体和不朽的语言的相遇”，来自生命对“死”的深切体验：

死是慰藉，唉！它让生命延续；
它是生之目的，是唯一的希冀，
它似万灵药使我们亢奋和陶醉，
给我们走向夜晚的勇气。[2]

在《秋歌·一》中，波德莱尔用“秋冬”的交替

1 Stéphane Mallarmé, *Poésies*, *Angoisse*，陈力川译。

2 Charles Baudelaire, *Les Fleurs du mal*, *La mort des pauvres*，陈力川译。

隐喻“生死”的转换：从“听到枯枝忧郁的哀叹”到“聆听每根枯枝折断”，再到“这神秘之声恰似送葬的鼓点”，诗人让我们听到死神逼近的阵阵脚步声，再用“阴冷的黑暗”、“北极地狱”、“断头台”、“棺材板”让我们看到死神的影子，但通篇却没有出现一个“死”字：

我们就要沦入阴冷的黑暗，
再会吧，骄阳，夏日苦短！
我已听到枯枝忧郁的哀叹，
坠落小径，坠落深深庭院。

严冬将在我心重返：愤懑，
仇怨，苦役，战栗和憎厌，
宛如红日坠落在北极地狱，
我的心只能是赤红的冰团。

我忐忑地聆听每根枯枝折断，
远比搭建断头台的闷响愁惨。
我心仿佛羊头撞锤下的城堡，
在无尽的重击声中轰然塌陷。

单调的撞击声令我头晕目眩，

似某处有人火急钉着棺材板。

为谁？——昨日盛夏；今已秋天！

这神秘之声恰似送葬的鼓点。[1]

在博纳富瓦的思想中，“死”的含义是人不可避免地受到时间和空间的限制。诗歌就是对这个限度的认知。博纳富瓦曾感叹不乏讨论死亡的哲学，但没有一种哲学思考墓地。他的许多诗用“一块石头”命名，石头在这里指盖在墓上的石板或直立的墓碑，透过荒草和枯叶，我们感到死亡“在场”，石头下有生命在颤动，整首诗宛如一个墓志铭：

一块石头

我们不再有路，只有高耸的荒草，

不再有涉水的浅滩，只有泥土，

不再有铺好的床，只有

影子和石头通过我们拥抱。

然而夜色明亮

1　夏尔·波德莱尔，《恶之花》，刘楠祺译，新世界出版社，2011 年，第 107 页。

如同我们希望的死亡。

它使树木发白，扩大。

树叶是沙子和泡沫。

天亮了，即使在时间之外。

博纳富瓦的诗和波德莱尔的诗一样重视形象，反对概念。博纳富瓦认为纯概念将词语与现实分开，使事物凝固，使语言干涸，而形象赋予思想以形体，故形象在人的头脑中远比概念更有分量。这种反柏拉图主义的态度使博纳富瓦拒绝在感性以外寻找人的存在。

博纳富瓦与法国当代诗歌

博纳富瓦与20世纪上半叶的法国诗人，如瓦雷里（Paul Valéry）、克洛岱尔（Paul Claudel）、蓬日（Francis Ponge）、米肖（Henri Michaux）、圣琼·佩斯（Saint-John Perse），甚至夏尔（René Char）等并无灵犀。他认为这些诗人的作品与奈瓦尔、波德莱尔、兰波和马拉美的创作相比是倒退，他甚至下过“我们要忘记瓦雷里”和“夏尔的诗属于雄辩的传统”这样的判词。博纳富瓦认为在诗歌的再现、主体性和语言革命方面，只有儒勒·拉弗格（Jules Laforgue）、阿尔弗雷德·雅里（Alfred Jarry）和阿波里奈尔（Guillaume Apollinaire）继承了奈瓦尔、波德莱尔、兰波和马拉美的衣钵。

在同时代的艺术家中，首先让博纳富瓦感到亲近的是以安德烈·布勒东为首的超现实主义诗人和画家。因为超现实主义者意识到文学和艺术要表现的不是真理，而是通过一种自由的词语揭示真实。这种真实是超现实的。面对第二次世界大战对欧洲的毁灭，超现实主义者看到现实的残酷性、野蛮性和荒谬性，拒绝将这种现实当作真实来接受，发出“改变生活”的呐喊。博纳富瓦是在1945年由超现实主义派画家维克多·波若奈尔（Victor Brauner）引介，接触超现实主义团体，是年夏天创作了一首超现实主义长诗《心—空间》（*Le Cœur-espace*）。1946年他还创办了一份超现实主义杂志《革命·夜晚》（*La Révolution la Nuit*），发表了《心—空间》一诗的片段，同年结识了超现实主义运动的领袖布勒东，一度与超现实主义者过从甚密。1947年，在超现实主义国际展前夕，博纳富瓦因反对超现实主义宣言认同秘传的学说而拒绝签字，遂与布勒东决裂，形式上脱离了超现实主义派。但是布勒东坚持在该展览会的图录上发表了博纳富瓦撰写的论文。

谈起这段往事，博纳富瓦表示他始终认同早期超现实主义的艺术主张，但反对后期布勒东将超现实主义运动引向神秘主义，甚至巫术的做法。博纳富瓦自称他不相信在世界表象的后面隐藏着一个不可见的世界，认为艺术家不应远离耳闻目睹的现实世界，而应当在现实中发掘真实。博纳富瓦与布勒东的另一个分歧涉及"自动写作法"。博纳富瓦认为"自动写作法"停留在潜意识的表层，挖掘潜意识还需要其他方法，这正是他想在诗歌创作中尝试的。

与超现实主义派疏远后，博纳富瓦在同代诗人安德烈·杜·布歇（André du Bouchet）和路易-勒内·德福雷（Louis-René des Forêts）的诗中找到共鸣。布歇的诗表现了一种触摸天然事物的愿望，呈现出的是无意义的现实，剔除了概念化的思维在现实上的投影和诠释。他的诗好像洗清了真实的面孔，恰似"云——粉状的水"一般摊在读者的面前。德福雷的诗用赤裸的、未经雕琢的词语摘掉了话语似是而非的面具和谎言的帽子，"精神缓缓入睡，唯有心在回想"。[1] 德福雷幻想一种"不受词语奴役的语言"，这与博纳富瓦说诗人处在词语的诱惑中有相同之处。

1 Louis-René des Forêts, *Ostinato*, Mercure de France, 1997.

还要多少次非得说

人们多次一说再说的东西?

多少次还要梦想一种语言

不受词语奴役，恍如那些日子

因一个羞怯的欲望而战栗

只渴望比最严肃的交流

更令人满足的无声的拥吻?

难道还要不停地重新开始

寻找人们永远捕捉不到的东西?

或许放弃更为明智

但理性和疯狂的角力相持不下

任何一方都无法取胜。

难道不思安宁的精神

将这场无结果的战斗变成

一个两败俱伤的游戏?

当精神准备跳跃的时候

是什么波动使它不安？又是什么使它停下?

难道要经过无数次弯路

才能抵达它唯一念头的港湾

还有太多的雾霭遮蔽他的目光

引导它的只有虚空中的迹象

携带音信的人苦于找不到收信人

如果它们偏离方向
好像每次都是从一个犹豫的手中投出
这是否意味着不求答复?
找到走出绝境的办法
而且要快，这是得救的代价，
但不如期待黑夜照亮
狭窄的道路，从那里上岸。[1]

1967年，博纳富瓦与布歇和德福雷等人创办了一本诗刊，取名《昙花一现》(*L'Ephémère*)，保罗·策兰也是这本诗刊的作者。博纳富瓦最重要的诗学思想"在场"(présence)可能就是在这个时期形成的。1981年12月4日，他以"在场与形象"为题开始在法兰西公学授课。法文présence这个词很难准确译成中文。它指的好像是万物的统一性，是我们对自然界的一种直觉感受，是万物本真的意义。博纳富瓦用"在场"表示诗歌命名和赋予意义的行为，是语言最贴近真实的地方："真正的地方介于真实和不真实、这里和他方、相对和绝对之虚幻和不可能的交叉点：它构成了意义在偶然性中的一种经验，它是概念与真实的触

1 Louis-René des Forêts, *Les Mégères de la mer*, *suivi de Poèmes de Samuel Wood*, Gallimard, 2008, pp.61—62，陈力川译。

点，一个门槛，一种半开不开的状态，一个构成门槛的空间和瞬间（Jean-Michel Maulpoix）。”博纳富瓦还提出了“及物诗”的观点，主张忠实于诗人在词语以外获得的经验。简单地说，“及物诗”就是人与物“在场”的地方。

关于双语对照

“镜中丛书”是一套双语诗集。双语对译者至少提出两个挑战。一是诗意的挑战，因为译诗不只是翻译一首诗的意思，转达原诗的思想，还要保留或者重新创造一种接近原诗的诗情或诗意，倾听和转换原诗的节奏和韵律[1]，因此全诗在整体上唤起的诗感要比单句诗的意思更重要。其次，一首译诗的好坏还取决于译者被感动和体验痛苦的能力。好的译诗不是原诗的机械式扫描，而应当掺入译者的情感。忽略了这一点，就会落入一种语义学翻译的陷阱，即使再忠实，也是对诗情和诗魂的绞杀。这种翻译不难见到，有些甚至

1　博纳富瓦写过一篇论文，分析爱伦·坡的著名诗篇《乌鸦》中音和意的相互作用，结论是爱伦·坡的这首诗揭示了诗句中的字音可以削弱和拆散意义的言说。波德莱尔和马拉美都受到爱伦·坡这首诗的吸引，也都曾尝试用散文诗的形式翻译这首诗。（Yves Bonnefoy, *L'Autre langue à portée de voix*, Éditions du Seuil, 2013, pp.53—76.）

出自外文功底很好的译者。二是双语对照的挑战，我所理解的双语对照，如果不是整首诗的呼应，至少也是段落与段落之间的呼应，唯如此，原诗才能在转译后的空间场舒展自如。由于两种文字词性和词序的不同，字与字、词与词的严格比对是不可能的。再由于两种文字语式和语法的不同，诗句与诗句、诗行与诗行的严格比对也是蹩脚的，不足取的。话虽这么说，但在中文能接受，或能“容忍”的情况下，还是应当尽量保留原词序和诗句与中文的对应关系。总之，译诗没有一定之规，通常是能怎么做就怎么做，随着诗感走，有好办法能带来极大的满足感。有时似乎没有什么好办法，这时就只能满足于最不坏的办法，而这种情况并不少见。通常“满足感”带来的惬意很快就被“满足于”产生的无奈所代替。如果把写格律诗比作“戴着脚镣跳舞”，那么翻译诗就是戴着双重脚镣跳舞。

关于选诗的标准

选诗的标准不可能是科学的，而是某些主观倾向和客观制约的混合物。博纳富瓦六十年来出版了二十二部诗集（包括散文诗集）。即使将他的全部诗作通读一遍也不是一件简单的事情。因此，我不敢说入选的博纳富瓦诗歌都是他的代表作。其实，诗人的每一首诗都是唯一的，都能带给我们一种别样的感动，其价值很难用有无代表性去判断。博纳富瓦说："诗与其说是一个文本，不如说是一种辐射的物质。"这句话似乎可以理解为：诗是一个光源，光有强弱之分，但不发光的不能称为好诗。这是第一个标准。

其他几个标准也是主观的。一是"厚今薄古"：早期的诗作（20 世纪 50 至 70 年代）少选[1]，中期的诗作（20 世纪 80 至 90 年代）多选，主选晚期的诗作（2000 年以后）；二是要有可译性。诗歌在绝对意义上是不可译的，但在相对意义上有不同程度的可译性。我读博纳富瓦的诗基本上分三种情况。一是喜欢，可译；二是喜欢，不可译；三是好像可译，但感觉很浅。我选译的诗大部分属于第一种情况。也有少数诗属于第二种情况，觉得重要，不译不行，但译了又不甚满意，例如《在词语的诱惑中》（选自《弯曲的船板》），这是博纳富瓦对诗歌的爱的表白，但要把这种言辞深切的文字译成好诗却很难。这首诗发表那年，

1　2002 年，北岳文艺出版社出版过郭宏安、树才翻译的《博纳富瓦诗选》，收录了博纳富瓦 20 世纪 50 至 60 年代的部分诗作。

他七十八岁：

啊 诗歌，
我忍不住呼唤你的名字，
那些今天在话语的废墟中
流浪的人不再喜欢的名字。
……

啊 诗歌，
我知道你被人蔑视和否定，
人们以为你装腔作势，甚至说你是谎言，
指责你是语言的错误，
说你给那些饥渴的人
提供的水是不洁之物，
让他们失望，然后死去。
……

然而，我同样知道没有其他恒星，
除了你一向隐约的小船，
在这虚幻的星空，
神秘地，预言式地运动，
但影子聚集在船头，甚至歌唱

就像从前远行归来的人，当
泡沫中的大地，在他们面前
变大，当灯塔闪闪发光。

如果留下
不同于风，礁石，海的东西，
我知道，即使在深夜，你将是
抛下的锚和沙滩上蹒跚的脚步，
你将是人们拾起的柴火和潮湿的
树枝下的火花，你将是在犹豫的火苗
焦虑的等待中，
长久沉默后的第一句话，
在死去的世界脚下燃起的第一团火。[1]

还有他晚年的诗集《当下时刻》中的同名诗，这是老诗人在失望、绝望后唱出的希望之歌，其乐观和达观几乎抚平心灵的痛楚，重新燃起心中的生命火焰。这首诗发表那年，博纳富瓦八十八岁：

你，这个贫乏的世纪的

1 摘自本书。

孩子，透过敞开的窗户
望着天空。世界，
难道是这阴沉的铁皮覆盖的屋顶，这雾霾，
这被玷污、被撕碎的书页？不，你的词语
拒绝从宇宙被抹掉，
它们要把虚无变成山丘、
河谷、道路。难道这些山峦
只是石头和积雪，不，
在一个不太高的山顶，
铺开一片草坪。从这里望去，
影子掠过无边的翡翠色的草地
好似巨大的宁静。江水在下面
汇聚，闪耀。你会懂得
希望这一明显的事情不无意义，
它在你的言语中得到强化，
它将是从绝望手里夺回
精神的磁针……[1]

诗歌是希望的声音，诗人没有沉默的权利，每个时代都需要与世人分享希望的诗人。

---

1 摘自本书。

结束语

这本译诗集的完成首先应当感谢北岛的建议和信任。他这些年一直关注外国当代诗歌和中国当代诗歌的译介工作。这是一件艰辛但有意义的事情，他自己亦亲力亲为，许多妙译非诗人所不能为。北岛的话不多，决定的事情却很少改变，他有一种无言的权威。其次应当感谢金丝燕，她对诗歌始终如一的爱和敏感在我犹豫，甚至打退堂鼓的时候给了我最直接的支持。最后要感谢伊夫·博纳富瓦本人，在九旬高龄，他仍然有求必应，或见面帮助我解决翻译中的疑难，或用电邮迅速答复我的问题。翻译博纳富瓦的诗使我懂得："做梦的我和思想的我对于深层的我同样是陌生人。"[1] 写诗和译诗都是接近这个深层的"我"的努力。

陈力川

2014年2月写于巴黎，2018年5月修改

---

1 Yves Bonnefoy, *La poésie transitive*, *L'Herne Bonnefoy*, Éditions de L'Herne, Paris, 2010, p.100.

词语的诱惑与真实

伊夫·博纳富瓦诗选

PIERRE ÉCRITE
(1965)

《刻字的石头》

（1965）

L'ÉTÉ DE NUIT

I

Il me semble, ce soir,
Que le ciel étoilé, s'élargissant,
Se rapproche de nous; et que la nuit,
Derrière tant de feux, est moins obscure.

Et le feuillage aussi brille sous le feuillage,
Le vert, et l'orangé des fruits mûrs, s'est accru,
Lampe d'un ange proche; un battement
De lumière cachée prend l'arbre universel.

Il me semble, ce soir,
Que nous sommes entrés dans le jardin, dont l'ange
A refermé les portes sans retour.

夏夜

一

今晚，仿佛
星空变宽，
迎向我们；夜
在星火的后面，不再那么黑暗。

树叶在树叶下闪烁，
绿色加深，还有成熟果子的橙色，
近处一盏天使的灯；跳动的
暗光占领宇宙之树。

今晚，仿佛
我们走进花园，天使
关上了所有园门，不再回来。

LE DIALOGUE D'ANGOISSE ET DE DÉSIR

I

J'imagine souvent, au-dessus de moi,
Un visage sacrificiel, dont les rayons
Sont comme un champ de terre labourée.
Les lèvres et les yeux sont souriants,
Le front est morne, un bruit de mer lassant et sourd.
Je lui dis: Sois ma force, et sa lumière augmente,
Il domine un pays de guerre au petit jour
Et tout un fleuve qui rassure par méandre
Cette terre saisie fertilisée.

Et je m'étonne alors qu'il ait fallu
Ce temps, et cette peine. Car les fruits
Régnaient déjà dans l'arbre. Et le soleil
Illuminait déjà le pays du soir.
Je regarde les hauts plateaux où je puis vivre,
Cette main qui retient une autre main rocheuse,
Cette respiration d'absence qui soulève
Les masses d'un labour d'automne inachevé.

焦虑和欲望的对话

一

我常常想象，在我的上方
有一个做祭品的脸庞，它的容光
如同一片被耕耘的田野。
嘴唇和眼睛带着微笑，
额头挂着忧伤，一个海一般的声音低沉而令人厌倦。
我对它说：做我的力量吧，于是它越发明亮，
俯视晨曦渐露的战场
和一条用蜿蜒曲折
缠绕这片沃土的河流。

于是，我感到惊讶，何以要
这么久，这么难。因为果实
已挂满树枝。太阳
已照亮夜的领土。
我注视着我生命向往的高原，
这只手拉着另一只嶙峋的手，
缺席的呼吸托起
未尽的秋天耕作的犁头。

CE QUI FUT SANS LUMIÈRE
(1987)

《先于光的存在[1]》

（1987）

1　根据博纳富瓦的解释，Ce qui fut sans lumière（直译为“无光的东西”，意译为“先于光的存在”）指的是曾经存在于意识中，但尚未被意识到的东西。写作使意识之光投向它们，将它们从未知领域带到已知领域。

PASSANT AUPRÈS DU FEU

Je passais près du feu dans la salle vide
Aux volets clos, aux lumières éteintes,

Et je vis qu'il brûlait encore, et qu'il était même
En cet instant à ce point d'équilibre
Entre les forces de la cendre, de la braise
Où la flamme va pouvoir être, à son désir,
Soit violente soit douce dans l'étreinte
De qui elle a séduit sur cette couche
Des herbes odorantes et du bois mort.
Lui, c'est cet angle de la branche que j'ai rentrée
Hier, dans la pluie d'été soudain si vive,
Il ressemble à un dieu de l'Inde qui regarde
Avec la gravité d'un premier amour
Celle qui veut de lui que l'enveloppe
La foudre qui précède l'univers.

Demain je remuerai
La flamme presque froide, et ce sera
Sans doute un jour d'été comme le ciel

走近炉火旁

我走近炉火旁，大厅空荡荡
百叶窗紧闭，灯光熄灭，

我看到火还在燃烧，
此刻正介于灰烬和火炭
角力的平衡点上，
火焰随心所欲，
或猛烈或温柔地拥抱
被它引诱到
散着香气的树枝和枯木床上的对象。
那是昨天，我在夏日的骤雨中，
拾回的带角的树枝，
它像印度的一个神，
带着初恋的庄严
看着爱他的女人
被先于宇宙的雷电挟持。

明天我将搅动
几乎冷却的火苗，这无疑将是
一个夏日，就像天空将它

En a pour tous les fleuves, ceux du monde
Et ceux, sombres, du sang. L'homme, la femme,
Quand savent-ils, à temps,
Que leur ardeur se noue ou se dénoue?
Quelle sagesse en eux peut pressentir
Dans une hésitation de la lumière
Que le cri de bonheur se fait cri d'angoisse?

Feu des matins,
Respiration de deux êtres qui dorment,
Le bras de l'un sur l'épaule de l'autre.

Et moi qui suis venu
Ouvrir la salle, accueillir la lumière,
Je m'arrête, je m'assieds là, je vous regarde,
Innocence des membres détendus,
Temps si riche de soi qu'il a cessé d'être.

赐予所有河流，世界的河流
和血的暗流。男人，女人，
他们何时能及时明白，
他们炽热的情感或合或分？
他们能否明智地预见
在光的犹疑中
幸福的叫喊变成焦虑的呻吟？

清晨的火，
两个熟睡的人的呼吸，
一个人的手臂搭在另一个人的肩上。

而我来
将大厅打开，迎接光明，
我停下来，坐在那里，看着你们，
那纯洁放松的四肢，
时间因自己的富有而停止。

LA RAPIDITÉ DES NUAGES

Le lit, la vitre auprès, la vallée, le ciel,
La magnifique rapidité de ces nuages.
La griffe de la pluie sur la vitre, soudain,
Comme si le néant paraphait le monde.

Dans mon rêve d'hier
Le grain d'autres années brûlait par flamme courtes
Sur le sol carrelé, mais sans chaleur.
Nos pieds nus l'écartaient comme une eau limpide.

Ô mon amie,
Comme était faible la distance entre nos corps!
La lame de l'épée du temps qui rôde
Y eût cherché en vain le lieu pour vaincre.

云速

床，旁边的窗玻璃，山谷，天空，
美丽的云速。
窗玻璃上雨抓过的痕迹，瞬间，
好像虚无在人世间的签名。

在我昨日的梦中
往年的谷粒燃烧，短促的火焰，
在瓷砖地上，没有热量。
我们赤裸的脚将它分开如清澈的水。

啊 我的朋友，
我们身体之间的距离多么微小！
时间的剑刃，转来转去
徒然寻找取胜的地方。

LA NEIGE

Elle est venue de plus loin que les routes,
Elle a touché le pré, l'ocre des fleurs,
De cette main qui écrit en fumée,
Elle a vaincu le temps par le silence.

Davantage de lumière ce soir
A cause de la neige.
On dirait que des feuilles brûlent, devant la porte,
Et il y a de l'eau dans le bois qu'on rentre.

雪

它来自比道路更远的地方，
它用这只书写烟岚的手
触摸草地，花卉的赭石，
它用沉默战胜了时间。

今晚，由于雪
夜色格外明亮。
仿佛树叶在门前燃烧，
人们拾回的柴中含有水汽。

LA NUIT D'ÉTÉ

I

Tu as été sculptée à une proue,
Le temps t'a corrodée comme eût fait l'écume,
Il a fermé tes yeux une nuit d'orage,
Il a taché de sel ton sein presque nu.

Ô sainte aux mains brûlées quc recolore
L'adoration d'encore quelques fleurs,
Sanctuaire de l'épars et du fugitif
Au bout des champs ensemencés de rouille,

Que de sommeil dans ta nuque penchée,
Que d'ombre, dans les feuilles sèches sur les dalles!
On dirait notre chambre d'une autre année,
Le même lit mais les persiennes closes.

夏夜

一

你被雕刻在船头，
时间好似海水将你侵蚀，
一个暴风雨的夜晚，它合上你的眼睛，
用盐玷污你几乎赤裸的乳峰。

啊 双手被灼伤的圣女，
崇敬用鲜花为她的手染色，
离散者和逃亡者的庇护所
在播种铁锈的田野尽头。

在你倾斜的颈背有多少困意，
在石板的枯叶里有多少影子！
好像我们昔日的房间，
同一张床只是百叶窗紧闭。

II

Et là, parmi les fleurs des champs, celles de cire
Ne sont pas les moins émouvantes, peintes clair
Comme le veut l'espérance qui rêve
Même où s'est effacé le souvenir.

Et l'incroyant, qui s'attarde auprès d'elles,
Prend lui aussi la coupelle de verre,
L'élève, irrépressiblement, devant l'image,
Y reproduit le miracle du feu,

Puis la pose, infinie, et reprend sa route,
Ayant aimé le signe, faute du sens.
Qu'est-ce dans cette flamme qui va noircir,
Se dit-il, quel est dans ma voix le mot qui manque?

Tout est si lumineux pourtant, quand la nuit tombe,
Pourquoi dans toute vie une arche est-elle
Plus basse, et l'eau qu'elle fascine plus violente
A se jeter sous la voûte sonore?

二

那里，在田野的花间，蜡花的
美丽动人毫不逊色，鲜亮的彩绘
犹如梦希望的那样
即使回忆被抹去。

在她们旁边逗留的无信仰者，
也拿起小玻璃酒杯，
情不自禁地将它举起，在画面前，
在杯中复制火的奇迹，

然后，放下酒杯，重新走上无尽的路，
爱上符号，由于缺乏意义。
火焰中是什么熏黑一切，
他对自己说，什么是我嗓音中缺少的那个字？

当夜幕降临，一切却那么明亮，
为什么生命中总有一座桥拱
低垂，受到它蛊惑的水猛烈地
冲击发出轰响的拱顶？

IV

Tu vas, ta main contre la barque touche l'eau.
Les rameurs n'ont plus de visage.
Au ciel, l'Ourse est passée dans des branches claires,
La robe de la Vierge s'est déchirée.

Ne sommes-nous qu'un arbre qui a pris feu
Dans la durée sans conscience de soi?
Frappe parfois la foudre contre des feuilles,
Et la parole est braise, qui végète

Au coude de deux branches. Puis brûle l'arbre
Et un second peut-être. Mais le ciel
A son autre lumière. Et n'a pas cessé
Le cycle de l'indifférence de l'étoile.

四

向前，你扶着船舷的手碰到水。
划桨的人失去了面孔。
天上，大熊座钻进明亮的树枝，
处女座撕破了长裙。

我们是否只是一棵着火的树
长时间没有自我意识？
有时雷电劈向树叶，
话语是火炭，艰难地生长

在两个树枝的拐弯处。后来树燃烧起来
可能还有第二棵。但是天空
另有光明。星辰冷漠的周期
没有终止。

LE MIROIR

Hier encore

Les nuages passaient

Au fond noir de la chambre.

Mais à présent le miroir est vide.

Neiger

Se désenchevêtre du ciel.

镜子

昨天

云彩还飘过

房间幽深处。

但现在镜子是空的。

下雪

梳理天空。

L'ÉTÉ ENCORE

J'avance dans la neige, j'ai fermé
Les yeux, mais la lumière sait franchir
Les paupières poreuses, et je perçois
Que dans mes mots c'est encore la neige
Qui tourbillonne, se resserre, se déchire.

Neige,
Lettre que l'on retrouve et que l'on déplie,
Et l'encre en a blanchi et dans les signes
La gaucherie de l'esprit est visible
Qui ne sait qu'en enchevêtrer les ombres claires.

Et on essaye de lire, on ne comprend pas
Qui s'intéresse à nous dans la mémoire,
Sinon que c'est l'été encore; et que l'on voit
Sous les flocons les feuilles, et la chaleur
Monter du sol absent comme une brume.

夏日依旧

我在雪中前行，闭上
眼睛，但是光懂得穿过
有空隙的眼皮，我看到
雪仍然在我的文字中
纷飞，密集，粉碎。

雪，
人们重新找到和拆开的信，
墨汁使它变白，在符号中，
看得见思想的笨拙，
它只能使清晰的影子变得纷乱。

人们试着阅读，但是不懂
谁在记忆中关心我们，
除了夏日依旧，还有人们
在雪花下看到的树叶，以及
从缺席的土地生发的热气，仿佛一片轻雾。

LA VIE ERRANTE
(1993)

《漂泊的生活》

（1993）

LA VIE ERRANTE

Il s'efforçait depuis quelques jours d'être heureux des nuages qu'il amoncelait sur sa toile au-dessus d'un chemin de pierre. Mais qu'est-ce que la beauté quand on sait que l'on va partir? Demain le bateau va le conduire vers une autre île. Il ne reviendra plus dans celle-ci, il ne reverra plus ce chemin.

Il trembla d'angoisse, soudain, et laissa tomber son pinceau dont un peu de l'ocre sombre, presque du rouge, éclaboussa le bas de la toile. Ah! Quelle joie!

Chateaubriand au bord du Jourdain après le long voyage, que peut-il faire sinon emplir une fiole de l'eau du fleuve? Il écrit sur une étiquette: eau du Jourdain.

Tache, épiphanie de ce qui n'a pas de forme, pas de sens, tu es le don imprévu que j'emporte jalousement, laissant inachevée la vaine peinture. Tu vas m'illuminer, tu me sauves.

漂泊的生活

几天来，他努力使自己对他在画上的一条石头路上方汇集的云彩感到满意。但是，当人知道将要离去，美又算得了什么？明天，船将把他载向另一个岛屿。他不会再回到这个岛上，他不会再看到这条路。

忽然，他因焦虑不安而颤抖，画笔不由得从手中脱落，一点赭石色，几乎是红色，溅在画的下方。啊，这是何等的快乐！

夏多布里昂[1]在长途旅行后抵达约旦河岸，他除了将一个小玻璃瓶灌满河水还能做什么呢？他在一个标签上写上：约旦河水。

光斑，没有形式，没有意义的主显节，你是不期然的恩惠，我小心地带走它，将未完成的虚幻的绘画搁置一边。你将照亮我，拯救我。

1　弗朗索瓦－勒内·德·夏多布里昂（François-René de Chateaubriand，1768—1848），法国作家、政治家，浪漫主义文学的先驱。他为撰写一部早期基督教兴起的史诗《殉道者》于 1806 年游历了希腊、小亚细亚、巴勒斯坦和埃及，到过约旦河。

N'est-ce pas de ce lieu et de cet instant un fragment réel, une parcelle de l'or, là où je ne prétendais qu'au reflet qui trahit, au souvenir qui déchire? J'ai arraché un lambeau à la robe qui a échappé comme un rêve aux doigts crispés de l'enfance.

这难道不是此时此地的一个真实片段，一小块金子，那里，我只希求不忠实的倒影和令人心碎的记忆？我从挣脱的裙子上扯下一块碎片，就像从童年抽搐的手指上留住一个梦。

IMPRESSIONS, SOLEIL COUCHANT

Le peintre qu'on nomme l'orage a bien travaillé, ce soir,
Des figures de grande beauté sont assemblées
Sous un porche à gauche du ciel, là où se perdent
Ces marches phosphorescentes dans la mer.
Et il y a de l'agitation dans cette foule,
C'est comme si un dieu avait paru,
Visage d'or parmi nombre d'autres sombres.

Mais ces cris de surprise, presque ces chants,
Ces musiques de fifres et ces rires
Ne nous viennent pas de ces êtres mais de leur forme.
Les bras qui s'ouvrent se rompent, se multiplient,
Les gestes se dilatent, se diluent,
Sans cesse la couleur devient autre couleur
Et autre chose que la couleur, ainsi des îles,
Des brides de grandes orgues dans la nuée.
Si c'est là la résurrection des morts, celle-ci ressemble
A la crête des vagues à l'instant où elles se brisent,
Et maintenant le ciel est presque vide,
Rien qu'une masse rouge qui se déplace

落日印象

今晚，堪称画家的暴风雨工作得很好，
一些美丽的面孔聚集在
天际左侧的门廊下，那里
发出磷光的台阶在大海中消失。
人群中一阵骚动，
好像一个神向他们显形，
金色的面孔被其他阴郁的面孔簇拥。

但是，这些几乎是歌唱的惊叫，
这些短笛吹奏的音乐和笑声
并非来自那些人，而是来自他们的形状。
张开的手臂折断，繁殖，
动作膨胀，熔化，
颜色不断变幻
甚至变成非颜色的东西，像岛屿和
乌云中管风琴的片段。
如果那就是死人复活，倒很像
刹那间粉碎的浪尖，
而现在天空几乎空空荡荡，
只剩下一个移动的红团

Vers un drap d'oiseaux noirs, au nord, piaillant, la nuit.

Ici ou là

Une flaque encore, trouée

Par un brandon de la beauté en cendres.

奔向北方的夜，一群叽喳叫嚷的黑鸟的床单。

这里或那里
还有一个水洼，
被美扬起的残烬穿透。

L'AVEUGLE

Il regardait fixement dans la direction du soleil qui se couchait parmi des nuages rouges. Mais comment avions-nous pu lui parler puisqu'il n'était que cette grande statue, de marbre couleur de miel, que quelques-uns d'entre nous portaient, avec de plus en plus de fatigue, sur les épaules? Puisque son geste extatique, vers le soleil, bougeait avec celles-ci, plongeant et se redressant comme la proue d'une barque? Puisque son expression de chanteur aveugle s'effaçait déjà sur la pierre comme là-bas le feu des nuages rouges?

盲人

他凝视太阳落入晚霞的方向。然而我们如何能对他说话呢，既然他只是一尊淡黄色的大理石雕像，我们其中的几个人用肩膀扛着他，越来越累不可支？既然他的动作欣喜若狂，向着太阳，与肩膀一起摇动，就像船首一会儿下沉，一会儿昂起？既然他的盲人歌唱家的表情已经在石头上消失，如同那边燃烧的晚霞？

L'INACHEVABLE

Quand il eut vingt ans il leva les yeux, regarda le ciel, regarda la terre à nouveau, —avec attention. C'était donc vrai! Dieu n'avait fait qu'ébaucher le monde. Il n'y avait laissé que des ruines.

Ruines ce chêne, si beau pourtant. Ruines cette eau, qui vient se briser si doucement sur la rive. Ruines le soleil même. Ruines tous ces signes de la beauté comme le prouvent bien les nuages, plus beaux encore.

Seule la lumière a eu vie pleine peut-être, se dit-il. Et c'est pour cela qu'elle semble simple, et incréée. —Depuis, il n'aime plus, dans l'œuvre des peintres, que les ébauches. Le trait qui se ferme sur soi lui semble trahir la cause de ce dieu qui a préféré l'angoisse de la recherche à la joie de l'œuvre accomplie.

不可完成的作品

他二十岁的时候，举目望天，再重新凝视大地。这是真的！上帝创造的只是世界的雏形。他留下的只是废墟。

废墟，这橡树，然而却那么美。废墟，这水，它那么轻柔地在岸边破碎。废墟，甚至这太阳。废墟，美的所有标志，如同更美的云彩显示的那样。

或许只有光的生命圆满，他对自己说。正因为如此，它显得简单和永恒。——从那以后，他在画家的作品中只喜欢草图。封闭的线条似乎违背上帝的动机，与完成品的喜悦相比，上帝更喜欢寻找的焦虑。

LE CRUCIFIX

On lui explique que ce grand crucifix de la chapelle de gauche a été apporté un soir par un homme âgé, pliant sous le poids.

Il a dit qu'il le reprendrait le lendemain, mais il n'est jamais revenu. Et désormais tout ce qui est là dehors, cette rue, les passants parfois, il fait nuit maintenant, Florence, c'est là d'où Dieu est venu, c'est l'autre monde.

La tête est penchée sur l'épaule. Le sang de la couronne d'épines fait tache rouge sur le bois gris. Une fente part de l'épaule, cherche le cœur, sépare et semble effacer les signes de la souffrance.

耶稣像十字架

人们告诉他左侧小教堂这个巨大的耶稣像十字架是一天晚上一位老人扛来的，他的身体被压弯。

老人说他翌日来取回十字架，但是他再也没有回来。从那以后，外面的存在成为另一个世界：这条街，时不常的行人，现在夜已降临，佛罗伦萨——上帝打那来的地方。

头斜向肩膀，荆棘冠的血把红色的斑点染在灰暗的木头上。一个裂缝从肩部开始，寻找心脏，分开并仿佛抹去痛苦的迹象。

LES PLANCHES COURBES
(2001)

《弯曲的船板》

（2001）

LES RAINETTES, LE SOIR

I

Rauques étaient les voix
Des rainettes le soir,
Là où l'eau du bassin, coulant sans bruit,
Brillait dans l'herbe.

Et rouge était le ciel
Dans les verres vides,
Tout un fleuve la lune
Sur la table terrestre.

Prenaient ou non nos mains,
La même abondance.
Ouverts ou clos nos yeux,
La même lumière.

雨蛙，夜晚

一

雨蛙，夜晚
嗓音嘶哑，
那里的池水，静静流淌，
在草地上闪耀。

在空杯子中
天是红的，
月亮化作江水
在大地上荡漾。

我们的手是否获取，
富足依然如故。
我们的眼睛睁开或闭上，
光明依然如故。

HIER, L'INACHEVABLE

Notre vie, ces chemins
Qui nous appellent
Dans la fraîcheur des prés
Où de l'eau brille.

Nous en voyons errer
Au faîte des arbres
Comme cherche le rêve, dans nos sommeils,
Son autre terre.

Ils vont, leurs mains sont pleines
D'une poussière d'or,
Ils entrouvrent leurs mains
Et la nuit tombe.

昨天，不可完成

我们的生命，那些
在嫩草地上
呼唤我们的道路，
水在那里熠熠发光。

我们看到它们
在树梢上游荡
仿佛梦在我们的睡眠中
寻找他乡。

道路延伸，它们的手满是
金色的粉尘，
它们将手微微张开
夜幕落下。

UNE PIERRE

Plus de chemins pour nous, rien que l'herbe haute,
Plus de passage à gué, rien que la boue,
Plus de lit préparé, rien que l'étreinte
A travers nous des ombres et des pierres.

Mais claire cette nuit
Comme nous désirions que fût notre mort.
Elle blanchit les arbres, ils s'élargissent.
Leur feuillage: du sable, puis de l'écume.
Même au-delà du temps le jour se lève.

一块石头

我们不再有路，只有高耸的荒草，
不再有涉水的浅滩，只有泥土，
不再有铺好的床，只有
影子和石头通过我们拥抱。

然而夜色明亮
如同我们希望的死亡。
它使树木发白，扩大。
树叶是沙子和泡沫。
天亮了，即使在时间之外。

UNE PIERRE

Ils ont vécu au temps où les mots furent pauvres,
Le sens ne vibrait plus dans les rythmes défaits,
La fumée foisonnait, enveloppant la flamme,
Ils craignaient que la joie ne les surprendrait plus.

Ils ont dormi. Ce fut par détresse du monde.
Passaient dans leur sommeil des souvenirs
Comme des barques dans la brume, qui accroissent
Leurs feux, avant de prendre le haut du fleuve.

Ils se sont éveillés. Mais l'herbe est déjà noire.
Les ombres soient leur pain et le vent leur eau.
Le silence, l'inconnaissance leur anneau,
Une brassée de nuit tout leur feu sur terre.

一块石头

他们活在词语贫乏的时代，
意义在松垮的节奏中不再跳动，
烟雾扩散，包住火焰，
他们担心再也撞不到快乐。

他们睡去。怀着对世界的绝望。
回忆来到他们的梦乡，
如同轻雾中的小船，照明灯
加亮，驶向江的远方。

他们醒来。然而草地已经变黑。
影子是他们的面包，风是他们的水，
沉默，无明是他们的指环，
双臂紧抱的夜是他们在大地上仅有的火光。

LA PLUIE SUR LE RAVIN

I

Il pleut, sur le ravin, sur le monde. Les huppes
Se sont posées sur notre grange, cimes
De colonnes errantes de fumée.
Aube, consens à nous aujourd'hui encore.

De la première guêpe
J'ai entendu l'éveil, déjà, dans la tiédeur
De la brume qui ferme le chemin
Où quelques flaques brillent. Dans sa paix
Elle cherche, invisible. Je pourrais croire
Que je suis là, que je l'écoute. Mais son bruit
Ne s'accroît qu'en image. Mais sous mes pas
Le chemin n'est plus le chemin, rien que mon rêve
De la guêpe, des huppes, de la brume.

J'aimais sortir à l'aube. Le temps dormait
Dans les braises, le front contre la cendre.
Dans la chambre d'en haut respiraient en paix
Nos corps que découvrait la décrue des ombres.

雨落空谷

一

雨落在空谷，落在尘世，鸡冠鸟
在我们的谷仓上栖息，那是
飘忽不定的烟柱的峰顶。
黎明，请你今天仍然光顾我们。

在冷淡的轻雾中，
我听到第一只胡蜂醒来，
轻雾封锁了
闪着水洼的道路。平静中，
不可见的它到处寻觅。我会觉得
我在那里，倾听它。但是它的声音
只随画面增强。但在我的脚下
道路不再，唯有我的
胡蜂，鸡冠鸟，轻雾的梦。

我喜欢黎明出门。时间
在炭火上安睡，额头对着灰烬。
在楼上的房间里，消退的影子发现
我们的身体在平静地呼吸。

II

Pluie des matins d'été, inoubliable
Clapotement comme d'un premier froid
Sur la vitre du rêve; et le dormeur
Se déprenait de soi et demandait
A mains nues dans ce bruit de la pluie sur le monde
L'autre corps, qui dormait encore, et sa chaleur.

(Bruit de l'eau sur le toit de tuiles, par rafales,
Avancée de la chambre par à-coups
Dans la houle, qui s'enfle, de la lumière.
L'orage
A envahi le ciel, l'éclair
S'est fait d'un grand cri bref,
Et les richesses de la foudre se répandent.)

二

夏日清晨的雨，令人难忘
好像第一场寒流，拍打
在梦的窗玻璃上；贪睡的人
挣脱自己，赤手
在世界的雨声中寻找
另一个还熟睡的身体和它的热量。

(阵阵雨声落在屋顶的瓦片上，
房间断断续续地进入
膨胀的光浪。
暴风雨
侵犯天空，闪电
发出短暂的尖叫，
雷电将财富射向四方。)

III

Je me lève, je vois
Que notre barque a tourné, cette nuit.
Le feu est presque éteint.
Le froid pousse le ciel d'un coup de rame.

Et la surface de l'eau n'est que lumière,
Mais au-dessous? Troncs d'arbres sans couleur, rameaux
Enchevêtrés comme le rêve, pierres
Dont le courant rapide a clos les yeux
Et qui sourient dans l'étreinte du sable.

三

我起身，看到
今夜，我们的小船翻转过去。
火几乎熄灭。
寒流用桨推动天空。

水面波光粼粼
但是下面呢？没有颜色的树干，树枝
像梦和石头缠绕在一起
激流闭上眼睛
在沙子的拥抱中微笑。

DANS LE LEURRE DES MOTS

II

Et je pourrais
Tout à l'heure, au sursaut du réveil brusque,
Dire ou tenter de dire le tumulte
Des griffes et des rires qui se heurtent
Avec l'avidité sans joie des vies primaires
Au rebord disloqué de la parole.
Je pourrais m'écrier que partout sur terre
Injustice et malheur ravagent le sens
Que l'esprit a rêvé de donner au monde,
En somme, me souvenir de ce qui est,
N'être que la lucidité qui désespère
Et, bien que soit retorse
Aux branches du jardin d'Armide la chimère
Qui leurre autant la raison que le rêve,
Abandonner les mots à qui rature,
Prose, par évidence de la matière,

在词语的诱惑中

二

顷刻，

猛然惊醒的时候，我可以

讲述，或尝试讲述

爪子和笑声的喧闹，它们

与贪婪，没有欢乐的浅薄生命，

在话语脱臼的边缘相撞。

我可以高声宣布在世界各处

不公正和不幸正在蹂躏

精神渴望赋予世界的意义，

总之，我回忆存在的事物，

只是绝望的清醒

尽管缠绕在

阿尔米德[1]花园树枝上的幻想

对理性和梦具有同样的诱惑，

把词语抛弃给信笔涂抹的人

把真理中美的奉献

1　阿尔米德（Armide，意大利文 Armida）是 16 世纪意大利诗人塔索（Tasso）的史诗《被解放的耶路撒冷》中的人物，是一个美丽的穆斯林巫师。

L'offre de la beauté dans la vérité.

Mais il me semble aussi que n'est réelle
Que la voix qui espère, serait-elle
Inconsciente des lois qui la dénient.
Réel, seul, le frémissement de la main qui touche
La promesse d'une autre, réelle, seules,
Ces barrières qu'on pousse dans la pénombre,
Le soir venant, d'un chemin de retour.
Je sais tout ce qu'il faut rayer du livre,
Un mot pourtant reste à brûler mes lèvres.

Ô poésie,
Je ne puis m'empêcher de te nommer
Par ton nom que l'on n'aime plus parmi ceux qui errent
Aujourd'hui dans les ruines de la parole.
Je prends le risque de m'adresser à toi, directement,
Comme dans l'éloquence des époques
Où l'on plaçait, la veille des jours de fête,
Au plus haut des colonnes des grandes salles,
Des guirlandes de feuilles et de fruits.

Je le fais, confiant que la mémoire,

变成散文。

但是，对于我好像唯一真实的
是希望的声音，难道它
对否认它的法律全无意识。
唯一真实的是手的颤抖，
它触摸到另一只手的诺言，唯一真实的
是当夜色降临，昏暗中
推开回来路上的屏障。
我知道必须在书中划掉的一切，
然而剩下的一个字使我的嘴唇发烫。

啊 诗歌，
我忍不住呼唤你的名字，
那些今天在话语的废墟中
流浪的人不再喜欢的名字。
我甘冒直接对你说话的风险，
就像在雄辩的时代，
人们于节日前夜，
在大厅柱子的最高处，
悬挂树叶和水果的装饰。

我这样做，相信记忆

Enseignant ses mots simples à ceux qui cherchent
A faire être le sens malgré l'énigme,
Leur fera déchiffrer, sur ses grandes pages
Ton nom un et multiple, où brûleront
En silence, un feu clair,
Les sarments de leurs doutes et de leurs peurs.
« Regardez, dira-t-elle, dans le seul livre
Qui s'écrive à travers les siècles, voyez croître
Les signes dans les images. Et les montagnes
Bleuir au loin, pour vous être une terre.
Ecoutez la musique qui élucide
De sa flûte savante au faîte des choses
Le son de la couleur dans ce qui est. »

Ô poésie,
Je sais qu'on te méprise et te dénie,
Qu'on t'estime un théâtre, voire un mensonge,
Qu'on t'accable des fautes du langage,
Qu'on dit mauvaise l'eau que tu apportes
A ceux qui tout de même désirent boire
Et déçus se détournent, vers la mort.

Et c'est vrai que la nuit enfle les mots,

通过向那些不顾晦涩难解，力求
使意义存在的人传授简单的词语，
让他们在书页中辨认
你唯一的和多样的名字，在那里
他们怀疑和恐惧的枝蔓
将静静地燃烧成一把清亮的火。
“请看，记忆说，在唯一一本
穿越世纪写成的书中，请看
在形象中成长的符号。群山
在远方发出蓝色，做你的大地。
请听音乐用巧妙的笛声
诠释在万物的顶端
存在的音色。”

啊 诗歌，
我知道你被人蔑视和否定，
人们以为你装腔作势，甚至说你是谎言，
指责你是语言的错误，
说你给那些饥渴的人
提供的水是不洁之物，
让他们失望，然后死去。

不错，夜晚使词语膨胀，

Des vents tournent leurs pages, des feux rabattent
Leurs bêtes effrayées jusque sous nos pas.
Avons-nous cru que nous mènerait loin
Le chemin qui se perd dans l'évidence,
Non, les images se heurtent à l'eau qui monte,
Leur syntaxe est incohérence, de la cendre,
Et bientôt même il n'y a plus d'images,
Plus de livre, plus de grand corps chaleureux du monde
A étreindre des bras de notre désir.

Mais je sais tout autant qu'il n'est d'autre étoile
A bouger, mystérieusement, auguralement,
Dans le ciel illusoire des astres fixes,
Que ta barque toujours obscure, mais où des ombres
Se groupent à l'avant, et même chantent
Comme autrefois les arrivants, quand grandissait
Devant eux, à la fin du long voyage,
La terre dans l'écume, et brillait le phare.

Et si demeure
Autre chose qu'un vent, un récif, une mer,
Je sais que tu seras, même de nuit,
L'ancre jetée, les pas titubants sur le sable,

风卷残页，火势将
受惊的牲畜赶到我们脚下。
我们可曾相信明显迷失的道路
把我们带向远方，
不，画面与上涨的水相撞击，
它们的结构缺乏条理，形同灰烬
很快，连画面、书也不复存在，
也不再有我们欲望的双臂
拥抱世界热情的身体。

然而，我同样知道没有其他恒星，
除了你一向隐约的小船，
在这虚幻的星空，
神秘地，预言式地运动，
但影子聚集在船头，甚至歌唱
就像从前远行归来的人，当
泡沫中的大地，在他们面前
变大，当灯塔闪闪发光。

如果留下
不同于风，礁石，海的东西，
我知道，即使在深夜，你将是
抛下的锚和沙滩上蹒跚的脚步，

Et le bois qu'on rassemble, et l'étincelle

Sous les branches mouillées, et, dans l'inquiète

Attente de la flamme qui hésite,

La première parole après le long silence,

Le premier feu à prendre au bas du monde mort.

你将是人们拾起的柴火和潮湿的
树枝下的火花，你将是在犹豫的火苗
焦虑的等待中，
长久沉默后的第一句话，
在死去的世界脚下燃起的第一团火。

LA MAISON NATALE

I

Je m'éveillai, c'était la maison natale,
L'écume s'abattait sur le rocher,
Pas un oiseau, le vent seul à ouvrir et fermer la vague,
L'odeur de l'horizon de toutes parts,
Cendre, comme si les collines cachaient un feu
Qui ailleurs consumait un univers.
Je passai dans la véranda, la table était mise,
L'eau frappait les pieds de la table, le buffet.
Il fallait qu'elle entrât pourtant, la sans-visage
Que je savais qui secouait la porte
Du couloir, du côté de l'escalier sombre, mais en vain,
Si haute était déjà l'eau dans la salle.
Je tournai la poignée, qui résistait,
J'entendais presque les rumeurs de l'autre rive,
Ces rires des enfants dans l'herbe haute,
Ces jeux des autres, à jamais les autres, dans leur joie.

故居

一

我醒来，这是故居，
泡沫冲击岩礁，
没有鸟，只有随风起落的波浪，
四方天涯的气味，
灰烬，好像山峦隐藏的火
正在他方烧毁一个世界。
我走进玻璃阳台，桌子已摆好，
水拍打着桌角，橱柜。
然而，我知道无面人要进来
在幽暗的楼梯那面，
徒劳地，摇动走廊的门，
房厅的水位已经很高。
我转动门把手，它不听使唤，
我几乎听到对岸的喧哗声，
高草丛中孩子的笑声，
他人的游戏，永远的他人，在他们的欢乐中。

II

Je m'éveillai, c'était la maison natale.
Il pleuvait doucement dans toutes les salles,
J'allais d'une à une autre, regardant
L'eau qui étincelait sur les miroirs
Amoncelés partout, certains brisés ou même
Poussés entre des meubles et les murs.
C'était de ces reflets que, parfois un visage
Se dégageait, riant, d'une douceur
De plus et autrement que ce qu'est le monde.
Et je touchais, hésitant, dans l'image,
Les mèches désordonnées de la déesse,
Je découvrais sous le voile de l'eau
Son front triste et distrait de petite fille.
Etonnement entre être et ne pas être,
Main qui hésite à toucher la buée,
Puis j'écoutais le rire s'éloigner
Dans les couloirs de la maison déserte.
Ici rien qu'à jamais le bien du rêve,
La main tendue qui ne traverse pas
L'eau rapide, où s'efface le souvenir.

二

我醒来，这是故居，
所有的房厅都下着温和的雨，
我从一间走到另一间，看到
水在四处堆积的镜子上闪烁，
有的镜子已破碎，甚或
被挤在家具和墙壁之间。
有时，它们反射出一个
带着笑容的面孔，它比
世界的样子更和蔼。
我在画面中踌躇地触摸
女神凌乱的发髻，
在水的面纱下发现
她小姑娘般的忧郁的前额。
奇怪地介于存在与不存在之间，
手犹豫地触摸水汽，
之后我听到笑声
在空房子的走廊中远去。
这里永远只有梦的善良，
伸出的手穿不过
湍急的水流，回忆在那里消失。

IV

Une autre fois.

Il faisait nuit encore. De l'eau glissait
Silencieusement sur le sol noir,
Et je savais que je n'aurais pour tâche
Que de me souvenir, et je riais,
Je me penchais, je prenais dans la boue
Une brassée de branches et de feuilles,
J'en soulevais la masse, qui ruisselait
Dans mes bras resserrés contre mon cœur.
Que faire de ce bois où de tant d'absence
Montait pourtant le bruit de la couleur,
Peu importe, j'allais en hâte, à la recherche
D'au moins quelque hangar, sous cette charge
De branches qui avaient de toute part
Des angles, des élancements, des pointes, des cris.

Et des voix, qui jetaient des ombres sur la route,
Ou m'appelaient, et je me retournais,
Le cœur précipité, sur la route vide.

四

还有一次。
夜仍然深沉。水在
黑土地上静静流逝，
我知道我的任务
仅仅是回忆，我笑了，
俯下身去，在泥土中
捧起一抱树枝和叶子，
我将其团团举起，水流进
我紧抱胸膛的胳膊。
这些树枝能用来做什么呢，众多的缺席者
在那里发出颜色的声音，
不管它，我匆匆走去，寻找
至少一个库棚，在这个
布满树枝的地方，到处都有
角落，阵痛，树梢，叫声。

还有将影子投在路上
或呼唤我的嗓音，我转过身去，
心脏急促跳动，在空旷的路上。

XII

Beauté et vérité, mais ces hautes vagues
Sur ces cris qui s'obstinent. Comment garder
Audible l'espérance dans le tumulte,
Comment faire pour que vieillir, ce soit renaître,
Pour que la maison s'ouvre, de l'intérieur,
Pour que ce ne soit pas que la mort qui pousse
Dehors celui qui demandait un lieu natal?

Je comprends maintenant que ce fût Cérès
Qui me parut, de nuit, chercher refuge
Quand on frappait à la porte, et dehors,
C'était d'un coup sa beauté, sa lumière
Et son désir aussi, son besoin de boire
Avidement au bol de l'espérance
Parce qu'était perdu mais retrouvable
Peut-être, cet enfant qu'elle n'avait su,
Elle pourtant divine et riche de soi,

十二

美与真，在那倔强的叫喊上
起伏的大浪。如何在喧嚣中
听见希望之声，
如何做才能使衰老成为再生，
使房门打开，从内部，
使死亡不再将寻求
一个出生地的人拒之门外？

现在我明白了是克瑞斯[1]
在夜里出现，寻求庇护，
当有人敲门的时候，外面
一下子尽显她的美，她的光
还有她的欲望，她畅饮
希望之水的需要
因为这或许是
一个失而复得的孩子，
她尽管神圣而丰富，

1 在罗马神话中，克瑞斯是专司农业、丰收和繁殖力的女神，相当于希腊神话中的德墨忒尔。传说她与朱庇特所生的女儿普洛塞庇娜被丘比特的兄弟冥王普卢同劫到冥界，成为冥后。克瑞斯向朱庇特求情，朱庇特允许普洛塞庇娜一年中有六个月住在冥界，六个月回到她母亲身边。当普洛塞庇娜同母亲在一起时，大地万物回春，当她回到冥界时，大地万物凋零。人们以此解释一年四季的变化。

Soulever dans la flamme des jeunes blés
Pour qu'il ait rire, dans l'évidence qui fait vivre,
Avant la convoitise du dieu des morts.

Et pitié pour Cérès et non moquerie,
Rendez-vous à des carrefours dans la nuit profonde,
Cris d'appels au travers des mots, même sans réponse,
Parole même obscure mais qui puisse
Aimer enfin Cérès qui cherche et souffre.

却没能将他在青涩的麦浪中托起
使他无可争辩的生命，
在死神的垂涎之前绽放笑容。

克瑞斯需要怜悯，而不是嘲笑，
相约在深夜的十字路口，
透过字的呼喊，即使没有回音，
晦涩的话语，终能爱护
有追求和痛苦的克瑞斯。

LA LONGUE CHAÎNE DE L'ANCRE
(2008)

《长锚链》

（2008）

LA LONGUE CHAÎNE DE L'ANCRE

(Ales Stenar)

I

On dit

Que des barques paraissent dans le ciel,

Et que, de quelques-unes,

La longue chaîne de l'ancre peut descendre

Vers notre terre furtive.

L'ancre cherche sur nos prairies, parmi nos arbres,

Le lieu où s'arrimer,

Mais bientôt un désir de là-haut l'arrache,

Le navire d'ailleurs ne veut pas d'ici,

Il a son horizon dans un autre rêve.

Il advient, toutefois,

Que l'ancre soit, dirait-on, lourde, inusuellement,

Et traîne presque au sol et froisse les arbres.

长锚链

（阿勒斯巨石阵[1]）

一

有人说
一些小船在空中出现，
其中的几条船，
向我们暗中的大地
抛下长长的锚链。
锚在我们的草原上，丛林中寻找
装舱的地方，
然而不久一个上边的欲望将锚拔起，
船也不愿在此停留，
它的地平线在另一个梦乡。

然而，也会发生这种情况，
锚似乎太沉，一反常态，
拖着地面，撞伤树木。

1　阿勒斯巨石阵位于瑞典南部，由60块砂岩巨石组成，呈船形，长68米，每块巨石重约1800千克，建造时间不详。

On l'aurait vue se prendre à une porte d'église,
Sous le cintre où s'efface notre espoir,
Et quelqu'un de cet autre monde fût descendu,
Gauchement, le long de la chaîne tendue, violente,
Pour délivrer son ciel de notre nuit.
Ah, quelle angoisse, quand il travailla contre la voûte,
Prenant à pleines mains son étrange fer.
Pourquoi faut-il
Que quelque chose en nous leurre l'esprit
Dans cette traversée que la parole
Tente, sans rien savoir, vers son autre rive?

II

Le prince de ce pays, que voulait-il
Quand il fit rassembler, sur la falaise,
Tant de pierres debout, pour imiter
La forme d'un navire, qui partirait
Un jour, sur cette mer entre ciel et monde,
Et, toujours hésitant, presque désemparé,
Peut-être rejoindre enfin le port
Que d'aucuns cherchent dans la mort, imaginée
Vie plus intense, une ligne de feux
A l'horizon désert d'une longue côte?

我们好像看到它卡在教堂的一扇门上，
一个我们的希望消失的拱门下，
于是有人从另一个世界下来，
笨拙地，沿着绷紧的粗糙的锚链，
想从我们的黑夜中解放它的天空。
啊，这是何等的焦虑，当他与拱门抗衡，
双手牢牢抓住那奇怪的铁链，
为什么我们身上的某种东西
在这场穿越中诱惑精神，
而无知的话语试图将穿越引向彼岸？

二

这个国家的君主，他想要什么
当他让人在悬崖上聚拢
这么多竖起来的石头，用以模仿
一艘船的形状，有一天它会驶向
天地之间的海洋，
然而犹疑和惊慌，
可能终会使它停泊
某些人在死亡中寻找的港口，想象的
生命更强烈，那是一道火线
处在荒凉的海岸尽头？

La nef de son désir,

Cette proue dans le roc, ces beaux flancs courbes,

Va immobile. Et moi je cherche à lire

Dans l'immobilité le mouvement

Qu'il imprima au rêve, lui qui savait

Qu'il mourrait au combat, contre des hommes

Masqués et s'exclamant dans une autre langue

De ce monde d'ici où rien, jamais,

Ne dure que l'étonnement et la douleur.

Un inconnu parmi eux lui fait signe,

Un envoyé de là-bas sur la mer,

Il est tout de lumière blanche, dans la fumée,

Et lui, il rend les coups, il ahane, il crie,

Mais déjà, avec l'ange qui lui sourit,

Il se tait, il s'est établi dans cette cabine

A l'avant du navire, ils sont assis

Maintenant l'un auprès de l'autre, à une table

Où rien n'est plus des cartes, des portulans

De cette vie d'ici, ni des nourritures,

Ni même des images, que sa mémoire

Lui offrait, de ses mains faciles, la nuit venue

Dans l'étrange pays où l'on naît et meurt.

他的欲望的帆船，
和岩石中的船头，美丽的弯曲的两侧，
在静止中行驶。而我试图
在这静止中阅读
印在梦中的运动，他知道
他会死于跟蒙面人的战斗，
用这个世界的另一种语言呼喊
这里永远没有什么
比惊异和痛苦持续得更久。

他们中的一个陌生人向他示意，
一个那边派到海上的人，
陌生人在烟雾中，身披白光，
而他，忙于招架，喘息，叫喊，
然而，面对冲他微笑的天使，
他不再作声，在位于前部的船舱中
安置下来，现在他们
紧挨着，坐在一张桌旁，
桌上不再有现世生活中的
地图，航海图，也没有食物，
甚至没有记忆随手
给他的影像，夜幕降临
在这个人们生生死死的离奇国度。

Mémoire d'autres heures que les combats,

Mémoire de paroles réprimées,

Mémoire de la douceur qui est obscure

Comme le vin qui alourdit la grappe,

Mémoire de l'aperçu mais incompris

Et de moments trop brefs d'affections gauches.

Il rêva, il partit. Mais aujourd'hui, ici,

Ce n'est rien devant nous et autour de nous

Que le ciel de ce monde, rayons, nuées,

Puis, sur les pierres qui noircissent et se confondent,

La flèche du tonnerre et soudain la pluie.

Toute une eau véhémente nous enveloppe,

Les stèles ne sont plus qu'une seule présence

Là ou là surgissante, disparissante,

Bien qu'entre elles coure l'éclair. Et je veux croire

Que cette flamme, c'est une paix, et qu'elle embrasse,

Avec infiniment d'émotion, de joie,

Un qui lutte dans ce désordre, à gauche, à droite,

Contre trop d'assaillants, et va mourir.

Plus tard, me retournant

Vers le navire de pierre, sous le ciel

那是对非战时的记忆，
对欲言又止的话语的记忆，
对温柔的记忆，其浑浊
如酒使葡萄串不负重荷，
对不被理解的叙述
和笨拙示爱的短暂时光的记忆。

他梦想，他离去。但是今天，这里，
在我们的面前和周围，只有
这个世界的天空，光线，乌云，
雷箭和骤雨
落在纵横交错和发黑的石头上。
汹涌的水将我们包围，
石碑不过是在那里
时隐时现的存在而已，
尽管闪电在它们之间奔突。我情愿相信
这火焰就是和平，它
满怀无比的激情和欢乐
拥抱一个在混乱中搏斗、左冲右突的闪电，
但寡不敌众，即将消失。

不久后，我转过身来
朝向石船，在天空下

Redevenu celui des matins d'été

(Et que faire, sinon se retourner

Dans cette vie où rien n'est qui ne passe?),

Je vois que sur la pierre voulue la proue

Un grand oiseau de mer s'est posé: un instant

De l'immobilité mystérieuse dont est

Capable une vie simple, sans langage.

L'oiseau regarde au loin, écoute, espère,

Il mène le navire, et d'autres, d'autres,

Sont là, autour de lui, au-dessus de lui,

A crier et à s'effacer dans le sillage.

它重新变成夏日清晨的模样，
(还能做什么，除了回到这个
没有什么过不去的生活？)
我看到一只硕大的海鸟
落在船首的石头上：
神秘静止的片刻，
一个没有语言的简单生命才能做到。
鸟望着远方，倾听，期盼，
它为船只导航，而其他鸟，其他鸟，
环绕在它的周围，和它的上方，
鸣叫，在尾浪中消失。

TOMBEAU DE CHARLES BAUDELAIRE

Je n'imagine rien, pour se pencher
Sur toi, que les mots quittent, le soir venu
De ton étonnement sur cette terre,
Que ceux, non sus de nous, de l'inconnue

Que tu as dite une Électre pensive
Qui essuyait ton grand front enfiévré
Et, « d'une main légère», dissipait
L'épouvante dans ton sommeil brûlé de fièvre.

Et tu la désignas mystérieusement
Parce qu'être compatissant est le mystère
Même, ce qui permit à ces trois lettres,

夏尔·波德莱尔之墓

向你俯下身，我一心想着
词语已离你而去，夜晚来自
你对大地的惊奇，
那个陌生人的词语，为我们所不知

你说她是一个沉思的厄勒克特拉[1]
她揩拭你发烧的宽阔前额
并“用轻轻的手”，驱散
你高烧酣睡中的惊惧。

你神秘地将她指定
因为同情即神秘
这使那三个字母，

1 厄勒克特拉是特洛伊战争中希腊联军统帅阿伽门农的次女，俄瑞斯忒斯的姐姐。厄勒克特拉的母亲克吕泰涅斯特拉与情夫埃癸斯托斯合谋，杀害了丈夫阿伽门农。八年后，厄勒克特拉为已经成年的俄瑞斯忒斯出谋划策杀死母亲，为父亲报了仇。

J, G, F, de s'accroître dans la lumière

Sur laquelle ta barque glisse. D'être pour toi

Le port enfin: ses portiques, ses palmes.

J G F[1]在光中扩大

你的小船顺光而下。她的柱廊，

她的棕榈，是你最终的港口。

1　波德莱尔将他的艺术评论著作《人造天堂》题献给一位名叫 J. G. F. 的女友，其人真实姓名不详。博纳富瓦认为这三个字母指代波德莱尔的情妇让娜·迪瓦尔（Jeanne Duval）。

« Facesti come quei che va di notte... »

Il agitait une sorte de torche
Dont la double lueur déconcertait
Ces autres qui cherchaient derrière lui
A ne pas avoir peur, le long du gouffre.

Guide, pourquoi n'as-tu, sur ton propre corps,
Rien de cette lumière que tu offres?
N'as-tu aucun besoin de percevoir
Le vide qui se creuse sous tes pas?

Mais tel est le destin de l'allégorie:
Qui parle ne pourra ni ne doit savoir
D'où vient et où s'abîme sa parole.

Son pied cherche le sol à même le vide.
Son vol hésite et vire dans ses mots,
Flamme de moins de rêve que la cendre.

“你好像一个夜行的人……”[1]

他摇晃火把
两道光亮使在他身后
沿着深渊驱赶恐惧的人
惊慌失措。

向导，为什么在你身上，
丝毫没有你给他人的光？
难道你没有任何需要感知
你脚下的虚空？

这就是寓意的命运：
言说者不能也不应知道
他的语言从何处来到何处去。

他的脚在虚空中寻找地面。
他的飞行在其词语中犹豫并转弯，
灰烬多于梦的火焰。

1　引自但丁《神曲·炼狱篇》第二十二首，二个诗人边走边谈：“你好像一个夜行的人 / 把灯提在背后 / 不使自己受益 / 却使追随他的人们变得聪明。”

TOMBEAU DE GIACOMO LEOPARDI

Dans le nid de Phénix combien se sont
Brûlé les doigts à remuer des cendres!
Lui, c'est de consentir à tant de nuit
Qu'il dut de recueillir tant de lumière.

Et ils ont élevé, ses mots confiants,
Non le quelconque onyx vers un ciel noir
Mais la coupe formée par leurs deux paumes
Pour un peu d'eau terrestre et ton reflet,

Ô lune, son amie. Il t'offre de cette eau,
Et toi penchée sur elle, tu veux bien
Boire de son désir, de son espérance.

Je te vois qui vas près de lui sur ces collines
Désertes, son pays. Parfois devant
Lui, et te retournant, riante; parfois son ombre.

贾科莫·莱奥帕尔迪[1]之墓

在凤凰的鸟巢中，多少人
因搅动灰烬而灼伤手指！
他，情愿忍受那么多黑夜
而得以采集那么多光明。

他自信的词语举起的，
向着黑暗的天空，不是普通的玛瑙
而是两个手掌合成的盘子
盛着少许人间的水和你的倒影，

啊，月亮，他的朋友。他把这水奉献给你，
而你俯下身去，情愿
畅饮他的欲念和希望。

我看见你走到他的身旁，在荒凉的
山丘上，他的家乡。有时，在他面前，
你转过身来，莞尔一笑；有时，面对他的影子。

1 贾科莫·莱奥帕尔迪（Giacomo Leopardi，1798—1837），意大利诗人、哲学家，被视为意大利浪漫主义文学的代表人物。

MAHLER, LE CHANT DE LA TERRE

Elle sort, mais la nuit n'est pas tombée,
Ou bien c'est que la lune emplit le ciel,
Elle va, mais aussi elle se dissipe,
Plus rien de son visage, rien que son chant.

Désir d'être, sache te renoncer
Les choses de la terre te le demandent,
Si assurées sont-elles, chacune en soi
Dans cette paix où miroite du rêve.

Qu'elle, qui va, et toi, qui vieillis, poursuiviez
Votre avancée sous le couvert des arbres,
A des moments vous vous apercevrez.

Ô parole du son, musique des mots,
Tournez alors vos pas l'une vers l'autre
En signe de connivence, encore, et de regret.

马勒，大地之歌[1]

她出来了，夜幕尚未降临，
或者说月亮布满天空，
她前行，但又消失，
她的脸不见了，只剩下歌声。

存在的欲望，请你懂得放弃
大地的万物这样要求你，
它们各自在宁静中那么自信，
梦在宁静中闪烁。

前行的她，老去的你，
在树木的掩护下继续前进，
直到你们互相发觉。

啊，音的话语，字的音乐，
调转你们的脚步朝向对方，
作为默契，还有遗憾的示意。

---

1 《大地之歌》（*Das Lied von der Erde*）是马勒的晚期作品之一，作于1907至1908年。这是以李白、钱起和王维的六首古诗的德译本为歌词而创作的声乐套曲，虽名为“歌”，但形式与交响曲无甚差别。

LE TOMBEAU DE STÉPHANE MALLARMÉ

Sa voile soit sa tombe, puisque il n'y eut
Aucun souffle sur cette terre pour convaincre
La yole de sa voix de dire non
Au fleuve, qui l'appelait dans sa lumière.

De Hugo, disait-il, le plus beau vers:
« Le soleil s'est couché ce soir dans les nuées»,
L'eau à quoi rien n'ajoute ni ne prend
Se fait le feu, et ce feu le subjugue.

Nous le voyons là-bas, indistinct, agiter
A la proue de sa barque qui se dissipe
Ce que des yeux d'ici ne discernent pas.

Est-ce comme cela que l'on meurt? Et à qui
Parle-t-il? Et que reste-t-il de lui, la nuit tombée?
Cette écharpe de deux couleurs, creusant le fleuve.

斯特凡·马拉美之墓

他的帆就是他的墓，因为在这个
地球上没有任何微风能说服
他声音的小船对在波光中
呼唤他的江水说不。

他说，“太阳今晚落入乌云”
是雨果最美的诗句：
那无以复加的水
变成火，这火让他着迷。

我们看到他在那里，依稀难辨，
在消失的船头，摇动
这里的眼睛无法识别的东西。

难道死是这样？他在对谁
说话？夜幕降临，他还剩下什么？
两种颜色的披巾，搅动江水。

UN DIEU

Ci-gît un dieu qui n'aura pas compris
Mieux que nous. Qui n'aura pas aimé
Comme un enfant le peut. Qui était gauche,
Qui fut violent, faute des mots qui clarifient.

Et qui mourut sans avoir fait usage
De ses pouvoirs, en ceci notre proche.
Un qui ne cessa pas de s'étonner d'être
Comme nous le faisons, à nos derniers jours.

Fut-il un fils? Certes, mais révolté,
Qui insulta son père, et décida
De mourir, par désordre de son orgueil.

Mais qui aurait voulu, au moins une heure, vivre,
Prenant la main de l'enfant qu'il ne put
Être, bien qu'avec si souvent les mêmes larmes.

一个神

这里安息着一个神，他不比
我们懂得更多。他没有像一个孩子
那样去爱。他笨拙，
他暴躁，苦于没有词语清楚表达。

他死了，尚未使用
他的权力，这与我们何其相似。
他不断为存在感到惊讶
就像我们所做的，在最后的日子。

他是一个儿子吗？当然，但是他反叛，
侮辱了他的父亲，于是决心
去死，由于傲慢的混乱。

但是他多么希望至少活一个时辰，
握着那个他错过的孩子的手，
尽管常常流着同样的眼泪。

UN POÈTE

Se voulait-il une torche
Qu'il eût jetée dans la mer?
Il alla loin dans les flaques
D'entre là-bas et le ciel,

Puis il se retourna vers nous,
Mais le vent l'avait désécrit
Bien que sa main fût crispée
Sur les mondes de la fumée.

Feuilles éparses de sibylles,
Parole extrême déchirée,
Que dit-il? Nous n'avons pas su.

Il croyait en des mots plus simples,
Mais là-bas n'est qu'ici encore,
Et nul signe n'est l'eau qui brille.

一个诗人

他是否想做一支火炬
将自己投进大海？
他在水洼中走得很远
介于那边和天际之间。

之后他回头转向我们，
然而风解散了他的文字
尽管他的手抽搐
在这烟雾的世界。

女预言家散乱的纸页，
极端撕裂的言语，
他在说什么？我们不曾知道。

他相信更简单的词语，
然而那边仍然只是这里，
没有迹象表明水在发光。

UN SOUVENIR D'ENFANCE DE WORDSWORTH

Comme, dans le *Prélude*, cet enfant
Qui va dans l'inconscient de la lumière
Et avise une barque et, entre terre et ciel,
Y descend, pour ramer vers une autre rive,

Mais voit alors s'accroître, menaçante,
Une cime là-bas, noire, derrière d'autres,
Et prend peur et retourne à ces roseaux
Où de minimes vies murmurent l'éternel,

Ainsi ce grand poète aura poussé
Sa pensée sur une heure calme du langage,
Il se crut rédimé par sa parole.

Mais des courants prenaient, silencieux,
Ses mots vers plus avant que lui dans la conscience,
Il eut peur d'être plus que son désir.

华兹华斯的童年记忆

就像，在《序曲》[1]中，这个
进入光的下意识的孩子
发现一条小船，于是在天地之间，
他走来，想把船划向对岸。

可是他看到那边一座黑色山峰，
躲在群峰后面，越来越大，令人不安，
他害怕了，折回芦苇丛中
那里，卑微的生命在诉说永恒，

这个伟大的诗人本可以
将其思想推向语言宁静的时刻，
相信通过他的话语得到救赎。

但是潮流，默默地，
将他的词语先于他带进意识，
他害怕存在超越他的欲望。

1 《序曲》(*The Prelude*)是华兹华斯的自传体长诗，发表于1850年作者逝世之后。

LE GRAND ESPACE
(2008)

《大空间》

（2008）

La Grèce, 1

De la Vénus de Milo Mallarmé a écrit qu'elle est la beauté complète, unique, immuable mais inconsciente de soi encore. Elle sourit, dit-il, avec « une quiétude éternelle» parce que l'humanité, dont elle est l'image dans le miroir du beau marbre lisse, n'a pas été « mordue au cœur» par le christianisme, qui fut la grande chimère.

Mais peut-on parler d'inconscience devant des œuvres comme la Grèce en a tant produites, beauté pure? Ce que firent ses très sérieux sculpteurs, suprêmement attentifs, ce fut vérifier que la forme peut se dégager du visage, d'un torse ou d'une épaule, même des ventres parfois gravides, sans rencontrer d'obstacle dans la chair, les creux suavement succédant aux pleins à la surface des corps pourtant fidèlement imitée par une modulation aussi parfaite, dans l'infini, que facile. Phidias, Praxitèle, Scopas, ont réfléchi, ont conclu: l'être sensible, même troublé par le hasard,

希腊，1

关于米洛的维纳斯，马拉美写道，她是完整的、独一无二的、永恒的，但还没有意识到自我的美。马拉美还说，维纳斯的微笑带着“永恒的宁静”，因为她是尚未被基督教这个幻觉咬噬的人类在美丽光滑的大理石镜子中的形象。

但是，在希腊产生的那么多纯之又纯的美丽作品面前，我们能谈论无意识吗？那些严肃、专注的雕刻家所做的是证明形体可以从脸庞、上身和肩膀，甚至怀孕的腹部突显出来，而不遇到肉体的障碍，在身体的表面，凹陷的部分与丰满的部分柔和地交替，而身体表面被一种既完美又简单的曲线模仿得惟妙惟肖。菲迪亚斯[1]、普拉克西特列斯[2]、斯科帕斯[3]思考的结论是：敏感的人，即使因偶然事件而心绪不宁，即使在我们的眼中，因盲目的占有欲而失去财富，也仍然是一个果断、和谐的所在。他们认为，要达到我们所能

1　公元前 5 世纪的古希腊雕刻家、建筑师，被誉为最伟大的古代雕刻家。

2　公元前 4 世纪的古希腊著名雕刻家。

3　公元前 4 世纪的古希腊雕刻家、建筑师。

même privé de sa richesse, dans nos regards, par le désir aveugle de posséder, est en puissance un lieu de résolution, d'harmonie. Pour accéder à notre plus haut possible il suffirait, pensent-ils, de contempler la forme qui gît en nous comme on le fait dans ces nuits d'été où—la Voie lactée étant un corps elle aussi, se retournant sur sa couche—les buées s'évaporent dans des yeux qui ont cessé d'être avides.

及的最高处，只须凝视栖宿在我们自身的形式，就像人们在夏夜所做的那样——银河也是一个身体，它翻身卧在床上——水汽在不再贪婪的眼睛中蒸发。

La Joconde

Ce tableau est le plus fameux de tous les tableaux, mais c'est aussi la plus grande énigme. Car voici qu'un artiste a rêvé que grâce à sa science enfin exacte il va présenter de façon parfaite, sans rien pour troubler l'illusion, la jeune femme qui a consenti de s'assoir devant lui pour tout le temps qu'il faudra, les mains désœuvrées, le regard attentif à son geste à lui, cet étrange travail dont elle ne perçoit, de biais, que l'intensité silencieuse. Lui, Léonard de Vinci, voulait dégager la nature de tous les préjugés, de tous les mythes qui en ont voilé la figure. Mais que voyons-nous aujourd'hui sur ce visage aux couleurs légèrement craquelées?

Plus rien que cet étrange regard, qui enseigne que la figure où il paraît n'est elle-même qu'un voile; qui nous fait craindre que ces yeux, cette bouche, et ces deux mains croisées, et ces montagnes et eaux au loin, et ce ciel, ne soient qu'images peintes sur la nuit d'un sourire qui vient d'ailleurs, preuve

蒙娜丽莎

这幅画是所有画中最著名的，也是最神秘的。因为这是一个艺术家梦想通过准确的科学，以完美的方式展示一位少妇，没有任何扰乱幻觉的东西，她同意坐在艺术家面前，需要多久就坐多久，双手无所事事，眼光关注他的动作，这个她只能斜着看到的奇怪的工作，及其无声的强度。而他，达・芬奇，想把自然从所有遮蔽面孔的偏见和幻想中提炼出来。但是，我们今天在这个颜色有点儿破裂的脸上看到了什么呢？

除了这奇特的眼光，什么都没有，它告诉我们，出现那个眼光的面孔本身只是一个面纱；它使我们担心这双眼睛，这张嘴，这双交叉的手，以及远处的山水和天空，只是在这个微笑的夜空上画的图像，而这个微笑来自其他地方，那是另一个世界渐趋消

évanescente d'un autre monde.

Voici bien la peinture! Plus l'illusion est poussée, plus le simulacre est absence. Plus l'apparence est précise et plus profondément dans ses plis, frémissant un peu, elle nous parle de voile.

失的证明。

这就是绘画！幻觉越强，越没有幻象。外表越精确，她越是深深地隐匿在颤动的皱纹中，跟我们谈论面纱。

Les Saisons, 2

Oui, je viens à ces quatre tableaux comme au terme de mon attente. Comme à ce qui pourra être mots de sagesse pour l'enfant qui aura grandi d'image en image, de désir en désir, avec d'abord impatience, arrogance, illusion sur soi, amer besoin de violence. Et qui entre ici, étonné.

On a placé les quatre *Saisons* entre les fenêtres d'une salle octogonale, me semble-t-il, et c'est peut-être pour signifier que les quatre moments de l'année, les quatre pôles de l'horizon, les quatre heures de la journée, ne souffrent pas davantage d'ordre entre eux, de hiérarchie, que les quatre âges de l'existence. Ainsi ces feuilles sèches, mémoire de l'autre été, que nous piétinons dans la neige.

Quel est le sens de l'*Automne*? Que le fruit que l'on a fait croître, qui a été le travail, qui va embellir la table de fête, est bien plus grand que le fruit simplement terrestre, celui dont parlent les dictionnaires. Et que la poésie, c'est de peindre le fruit réel.

四季，2

我来到这四幅画前，如来到我期望的尽头。好像睿智的语言对于一个孩子，他长大了，样子和欲望一变再变，最初急躁、狂妄，对自我抱有幻想，对暴力抱有苦涩的需求。此时，他惊讶地来到这里。

《四季》[1]好像被布置在一个八角形大厅的窗户之间，这或许是为了表明一年的四个时节，天际的四个方位，一天的四个时间，并不比人生的四个年龄段有更多的顺序和等级。我们就这样在雪中踩着枯叶，另一个夏天的记忆。

《秋天》的意义是什么？人们种植的果子，装点节日宴席的劳动果实，比辞典上所说的地上的果子要大得多。而诗歌是描绘真正的果子。

1　法国 17 世纪画家尼古拉·普桑（Nicolas Poussin）的作品，分别为《春》《夏》《秋》《冬》。

Et ces arbres, dans le *Printemps*, parmi les plus beaux de l'histoire! Un poète qui protégeait Poussin, que celui-ci écoutait, a écrit que le Christ est mort pour que, la personne humaine retrouvant ainsi sa divinité, ses yeux s'ouvrent. Pour qu'elle voit, ce qui serait la peinture.

《春天》中的那些树，属于有史以来最美的树！一位诗人[1]，普桑的保护者和知音，写道，基督的死是为了让人类通过重新找到他的神性而睁开眼睛，看到什么才是绘画。

1 指意大利诗人马力诺（Giambattista Marino，1569—1625，别名 Giovanni Battista Marino，Jean-Baptiste Marini，或 Cavalier Marin），他说普桑从艺术女神缪斯那里得到的禀赋不亚于诗人。1624 年他陪同普桑赴罗马，并为他打开罗马上流社会的大门。

Les réserves

Descendre dans les réserves, le faut-il? Quelques minutes, pour en mesurer le péril.

On parque là pêle-mêle les statues, sans respect de leur droit à ce peu d'espace autour d'elles qui permettrait que ce ne soit pas en vain que leurs yeux s'ouvrent. C'est un acte cruel, comme celui de l'enfant qui arrache les ailes d'un insecte, et quelque chose aussi de bien dangereux: en effet, on va risquer d'oublier que l'œuvre la plus modeste a une pensée, veut la faire entendre, on va ne plus savoir que, même sur les places, même dans les jardins, la sculpture même pompeuse a pour honnête projet de donner sens à nos vies.

Dans les réserves des sculptures comme dans le discours de l'inconscient, c'est l'incohérence qui prend le pas sur l'évidence et nous leurre. Alors que dans les salles d'exposition éveillée nous avons chance d'aller par la grâce d'œuvres pourtant les

非展品储藏室

下到非展品储藏室，有这个必要吗？几分钟就可以知道这有多么危险。

人们把雕像乱七八糟地圈禁在那里，不尊重它们周围需要一点儿空间的权利，这点儿空间可以使它们不会白白地睁着眼睛。这是一种残忍的行为，就像孩子拔掉一只昆虫的翅膀，这也是一件非常危险的事情：是的，人们有可能忘记，最不起眼的作品也想让人听到它的思想，人们可能不知道，即使在广场上，在花园里，一个再浮夸的雕塑也有赋予我们的生命以意义的善意。

在雕塑储藏室，就像在无意识的言说中，首先诱惑我们的是不协调，而非显而易见的逻辑。然而，在那些活跃的展厅中，虽然是同一些作品，我们却有进

mêmes au sens de ce qui est et, par-delà, au mystère.

Vite remonter, ne serait-ce que vers les réserves de peintures, qui gardent les tableaux parallèles, debout les uns dans l'ombre des autres, ce qui en fait des dormeurs dont on peut se permettre de ne pas savoir ce qu'ils rêvent.

入它们的意义，并超越它们，进入神秘的可能性。

快速上到绘画储藏室，那些画作并排而立，鳞次栉比，好像被变成站着睡觉的人，我们不必知道它们做的什么梦。

L'HEURE PRÉSENTE
(2011)

《当下时刻》

（2011）

L'ÉCHARPE ROUGE

I

En haute mer un porche dans le ciel.
Le soleil, au-delà. Le commandant
Du vieux cargo reçoit un voyageur.
Un hublot est ouvert, les vagues sont proches.

Et que fait-il? Il s'est levé, il jette
Par ce hublot une chose, puis d'autres.
Ainsi: pourquoi, me dit-il, cette écharpe,
Mon père me l'offrit, à mon départ

Pour le premier de tant de vains voyages.
Je l'ai aimée, m'a-t-il paru me dire,
Je l'ai gardée pour ce jour où je meurs.

Il la pousse dehors, elle se rabat
Sur sa main, et se gonfle, puis se déploie.
Un instant sur nous deux tout le ciel est rouge.

红围巾

一

一个门廊在远海的天上。
太阳，在更远的地方。旧货轮
的船长接待一个旅客。
舷窗打开，海浪就在近旁。

他在做什么？他站起来，从舷窗
扔东西，一个接着一个。
于是，他对我说，为什么我父亲
把这条围巾送给我，在多次

徒劳的旅行第一次出发的时候。
我一直喜欢它，他好像对我说，
我保留它为我死的这一天。

他将围巾掷出窗外，它在
他手上挣扎，鼓起，随即展开。
一瞬间染红我俩头上的天空。

LE PIANISTE

I

Ce clavier, il y revenait chaque matin,
C'était ainsi depuis qu'il avait cru
Entendre un son qui eût changé la vie,
Il écoutait, martelant le néant.

Et ainsi allait-il un sol détrempé.
La musique, plus rien qu'une lueur
A l'horizon d'un ciel qui restait sombre,
Il croyait que l'éclair s'y amassait.

Il vieillit. Et l'orage l'enferma
Dans sa maison aux vitres embrasées.
Ses mains sur le clavier égarèrent son rêve.

Est-il mort? Qu'il se lève, dans le noir,
Et entrouvre sa porte, et sorte! Ne sachant
Si c'est le jour qui point ou la nuit qui tombe.

钢琴家

一

这个键盘，他每天早上必弹，
历来如此，自从他感觉
听到一个改变生命的音，
他听着，敲击虚无。

于是他走在泥泞的路上。
音乐，只是在依旧晦暗的
天边残留的一缕微光，
他相信闪电在那里聚集。

他老了。暴风雨把他关在
玻璃窗通明的家中。
键盘上的手使他的梦迷路。

他是否已离世？黑暗中，他起身，
开门，走了出去！不知道
是天破晓，还是夜幕降临。

II

Une main qui se risque, désirante,
Dans les remous d'une eau soit claire soit sombre,
Son image se brise, on pourrait croire
Qu'elle n'a plus la force de retenir.

Et cette autre, dans un miroir? Elle s'approche
De la tienne, qui vient à elle, leurs doigts se touchent
Presque, mais dans le rien de cet écart
S'ouvre l'abîme entre être et apparence.

Ces doigts, au moins, qui émeuvent des cordes.
Une autre main va-t-elle, du fond des sons,
Monter les prendre dans les siens, pour les guider?

Mais vers quoi? Je ne sais si c'est amour
Ou mirage, et rien que du rêve, les paroles
Qui n'ont qu'eau ou miroir, ou son, pour tenter d'être.

二

一只手，充满渴望，
在或明或暗的水波中冒险，
它的形象破碎，仿佛
不再有力气悬腕。

另一只手，在一面镜子中？它接近
你的手，与之相迎，手指几乎碰到，
但是在这微乎其微的距离中，
张开存在和表象之间的鸿沟。

这些手指至少使琴弦激动不已。
另一只手是否会，从声音的深处，
举起，把它们拉在手中，引导它们？

然而朝向何处？我不知道爱情
或者幻影，仅存的梦和语言
为了存在，是否只有水、镜子，或声音。

BRANCHES BASSES

I

Instant qui veut durer mais sans savoir
Tirer éternité des branches basses
Qui protègent la table où clairs et ombres
Jouent, sur ma page blanche de ce matin.

Autour de ces deux arbres d'abord l'herbe,
Puis la maison, puis le temps, puis demain
Pour ouvrir à l'oubli, qui déjà dissipe
Ces fruits d'hier tombés près de la table.

Là-bas est loin. Toutefois, c'est surtout
Ici et maintenant qui sont inaccessibles,
Plus simple est de rentrer dans l'avenir

Avec, pour tout à l'heure, quelque peu
De ce fruit mûr, par la grâce duquel
Du bleu se prend au vert dans la nuit de l'herbe.

低垂的树枝

一

想持久的瞬间却不知道
从低垂的树枝汲取永恒
树枝保护着桌子，那里
明与暗在我今晨的白纸上博弈。

这两棵树的周围首先是草地，
之后是房子，之后是通向忘却的
时间和明天，它已经分解
昨天落在桌旁的果实。

那边很远。虽然如此，
遥不可及的还是这里和现在，
进入未来反而更简单

等会儿，带着一点儿
这个成熟的果子，其优美
使蓝绿融合在草地的夜晚。

II

Une seule prairie jusqu'à l'horizon,
Une seule pensée,
Ici nomme l'ailleurs par le vol des grues,
Je n'ai souci que de me souvenir

De l'à présent qui monte, c'est une vague,
De l'immense dehors réconcilié
Avec ce qui se fait et se défait
Ou se veut et déveut, dans la parole.

Vienne, petite fille en robe à carreaux,
La fin de tout, ce ne sera, riante,
Que le repli des mots sur la couleur.

De quoi s'envelopper dans la lumière
D'un jour d'été en pays étranger,
Serrant sur soi le vocable et son ombre.

二

一片直达天边的草原,

一个唯一的思想,

这里命名他乡, 通过鹤的飞翔,

我一心只顾回忆

泛起的当下, 这是一个涌浪,

广袤的外界在言语中

与组合的和分解的

有意的和无意的言归于好。

身着方格裙子的小姑娘, 微笑着走来,

一切的结局都将是

词语留在色彩上的皱褶。

用外国夏日的阳光,

把自己包裹,

身子抱紧词语和它的影子。

NOS MAINS DANS L'EAU

Nous remuons cette eau. Nos mains s'y cherchent,
S'y effleurent parfois, formes brisées.
Plus bas, c'est un courant, c'est de l'invisible,
D'autres arbres, d'autres lumières, d'autres rêves.

Et vois, même ce sont d'autres couleurs.
La réfraction transfigure le rouge.
Etait-ce un jour d'été, non, c'est l'orage
Qui va « changer le ciel», et jusqu'au soir.

Nous plongeons nos mains dans le langage,
Elles y prirent des mots dont nous ne sûmes
Que faire, n'étant rien que nos désirs.

Nous vieillîmes. Cette eau, notre espérance.
D'autres sauront chercher à plus profond
Un nouveau ciel, une nouvelle terre.

水中的手

我们搅水，手在水中互相寻找，
有时擦边而过，破碎的形状。
下面，是一个水流，不可见的，
另一些树，另一些光，另一些梦。

你看，甚至还有另一些颜色。
折射使红色改变形象。
这是一个夏日吗，不，这是雷雨
它将“改变天空”，直到晚上。

我们将手伸进语言，
它们拿起的词语，我们不知
如何使用，那只是我们的渴望。

我们老了。这水，是我们的希望。
他人会在更深的地方找到
一片新的天空，一块新的土地。

IL GAGNE LA HAUTE MER

Il gagne la haute mer. Je me souviens
De sa proue, un visage
Aux yeux clos, souriant. Il me semblait
Soulevé, à jamais, par ce mouvement

Mystérieux de l'étrave, portée
Haut par des forces sombres, mais désireuse
D'une rive, qu'il n'aurait su ni voulu dire
Où, dans l'impénétrable de sa nuit.

La marque de l'épée. Et ce jardin
Aux sentiers qui bifurquent:
Nos cartes, nos portulans dans notre doute.

Des navires se groupent devant le port.
Ils s'éloignent. N'en restent que des feux
Qui se mêlent à des étoiles, au bas du ciel.

他驶抵外海

他驶抵外海。我记得
他的船头，一张脸
闭着眼睛，微笑。仿佛
永远被船首神秘的波动

举起，被幽暗的力量
高高托着，但渴望
一个海岸，他不知道也不想说
何处，在这难以穿越的深夜。

剑的痕迹。还有这个
小路分岔的花园：
我们疑惑中的地图，罗盘图。

船在港口聚集。
它们远去了。只留下灯火
与星辰在天边会合。

L'HEURE PRÉSENTE

III

Et pourtant, je puis dire

Le mot chevêche ou le mot safre ou le mot ciel

Ou le mot espérance,

Et voici que, levant les yeux, je vois ces arbres

Qu'embrase sur la route un soleil du soir.

C'est un feu de grande douceur, ses braises claires

Ont transmuté le feuillage en lumière,

Et ici, c'est le pré, là-bas des cimes,

Et leurs mains se rejoignent, leurs corps se cherchent

Avec cette évidence, silencieuse,

Qu'il faut bien que l'on nomme de la beauté.

Je regarde ces arbres tout une heure,

Est-ce là du visible, à peine, puisque

La visibilité se fait or pur

Alors pourtant qu'alentour la nuit tombe.

J'écoute un mot, je cherche à voir ce qu'il désigne,

Et il me semble, irrépressiblement,

当下时刻

三

然而，我可以说
鹗，或者砂岩，或者天
或者希望，
我抬眼，看到路边那些
被夕阳映红的树。
这是一团温柔的火，明亮的火焰
把树叶点亮，
而这里是草地，那里是树冠，
它们的手连在一起，它们的身体互相寻觅
其沉默的明显，
必须被称作美。
我注视这些树，整整一个钟头，
这是可见的吗，勉强是吧，因为
可见度变成纯金
当四近已是黑夜。

我倾听一个词，努力看到它的所指，
好像这个事物，不可抑制地，

Que cette chose se recolore, que des yeux
Se rouvrent, étonnés,
Dans le rêve de pierre de l'esprit.
Les mots sont-ils porteurs de plus que nous,
En savent-ils plus que nous, cherchent-ils
Au bord d'une eau du fond de notre sommeil,
Noire autant que rapide, refusée,
Le gué d'une lumière? Et celle-ci
A-t-elle sens, sur une voie tout autre.
Certes, que l'espérance d'hier encore?
J'écoute un mot, le rapproche d'un autre,
Ce dormeur et cette dormeuse se réveillent
Dans un peu de soleil, leurs mains se touchent,
Est-ce que ce n'est là que du désir,
Le même rêve à changer de visage?
L'éclair qui troue en vain le ciel d'ici?

Mais véridique est la peinture de paysage,
Véridique la fleur
Du genet, au désert,
Véridique la voix qui l'a nommée
Dans nos mots exterminateurs, sur des pentes tristes,
Et vois, sur le chemin,

重新染色，惊奇的眼睛
重新睁开，在精神的石梦中。
词语是否比我们承载得更多，
是否比我们知道得更多，它们
是否在我们的睡眠深处，
凶险，湍急，被拒绝的水边，寻找
阳光的浅滩？这个阳光
在不同于昨天还是希望的道路上，
是否有意义？
我倾听一个词，把它与另一个词比较，
这个熟睡的男人和熟睡的女人
在熹微的晨光中醒来，他们的手碰到一起，
难道这只是欲望，
同一个梦改换了面孔？
闪电徒然戳破这里的天空？

但真实的是风景画，
真实的是荒漠中的花，
真实的是在我们
毁灭性的词语中，在伤心的坡地，
给花命名的嗓音。
请看，在路上
分道扬镳的那两个人。

Ces deux-là qui s'éloignent.
Ils s'arrêtent, soudain,
Se tournent l'un vers l'autre. S'affrontent-ils,
S'insultent-ils, vont-ils s'entre-déchirer, par angoisse
D'être l'illusion qu'ils se savent être?
Mais non, ils semblent regarder le ciel du soir,
Où un soleil enfant paraît, sa tête immense
Haute déjà sur le vieil horizon.

Et c'est vrai que les arbres que j'ai vu
Se faire incandescence continuent,
Guère loin d'eux, à être ce rayon
D'on ne sait d'où venu, qui ne s'efface
Qu'en affinant, de son dernier instant,
Les grains d'un or qu'on dirait sans matière.

Regardez-moi,
Dit ce qui monte en eux du fond du langage,
Oubliez qui vous êtes pour que je sois,
Faites de moi ce que je cherche à être,
Renoncez votre rêve pour le mien,
Aimez-moi, donnez-moi forme, visage
De vos mains d'ombre et de lumière. Le ciel du soir

忽然，他们停下来，
转身朝向对方。他们是否发生了争执，
他们是否在互相谩骂，互相攻击，由于担心
成为他们自身存在的幻觉？
都不是，他们好像在遥看夜空，
那里出现了一个太阳孩儿，他的大脑袋
已高悬在古老的地平线上。

是的，我看到
变得炽热的树，
在不远的地方，依旧是
不知从何处来的光，
这光只有，在最后一刻，
使非物质的金种子成熟后，才会消失。

看着我，
从语言深处冒出的声音说，
忘记你是谁，为了我的存在，
让我成为我对自己的期待，
为了我的梦放弃你的梦，
爱我，给我形体，还有你的
光影之手的模样。夜空
或许是一枝玫瑰。你在云中的

Est, peut-être, une rose. Rose à venir
Par vos travaux d'horticulteurs dans les nuées,
Rose d'arbres, de fleuves, de chemins,
De lits défaits, de mains simples, cherchant
D'autres mains, à l'aveugle. Rose de mots
Qu'une dit à une autre, par rien encore
Que le frémissement de la paume, des doigts.
Le ciel change. La rose sans pourquoi,
C'est vous, dans les jardins de sa couleur.
Regardez, écoutez! Le moindre mot
A dans sa profondeur une musique,
Le phonème est corolle, la voix, c'est l'être
Qui peut fleurir, dans même ce qui n'est pas.

Et tard, ayant pitié
Des images. Voyez que Danaé
Se dresse sur sa couche, même sachant
Qu'illusoire est le dieu. Et qu'Ophélie
Emporte dans ses yeux le ciel, la terre,

园艺劳作创造的玫瑰，
树木、江河、道路的玫瑰，
凌乱的床，简单的手，
盲目寻找其他手的玫瑰。
一只手对另一只手，只用
手心、手指的颤抖交谈的玫瑰。
变天了。没有为什么，玫瑰
就是你，在它的色彩的花园。
请看，请听！一个微弱的字
在它的深处含有音乐，
音素是花冠，嗓音是生命，
甚至能在虚无中开花。

晚了，请对形象
抱有同情。你看达那厄[1]
直立在她的床上，她知道
神是虚幻的。再看欧菲莉亚[2]
用她的眼睛带走天空，大地，

1 希腊神话中的人物，阿耳戈斯国王阿克里西俄斯的女儿和珀耳修斯的母亲。预言说阿克里西俄斯将被达那厄所生的儿子杀死，因此阿克里西俄斯将达那厄关在一个铜塔内。宙斯趁达那厄睡觉的时候化作一阵金雨进入金塔与她交配，生下珀耳修斯。

2 莎士比亚悲剧《哈姆雷特》中的人物，哈姆雷特的情人，波隆尼的女儿。她不理解哈姆雷特为了替父报仇而装疯的计谋，以为被他抛弃，加上父亲被哈姆雷特误杀，在此双重打击下精神错乱，结果失足落水溺死。

Comme une certitude, bien que se noie
Leur double feu dans sa totale nuit.
Devant nous, mes amis, est-ce le soir
Ou une sorte d'aube, informe? Du soleil
Tout de même, au profond de ces glaires rouges.

Tu regardes le ciel
Par la fenêtre ouverte, enfant
De ce siècle appauvri. Le monde,
Ces toits de tôle grise, ces fumées,
Cette page souillée, déchirée? Non, tes mots
Refusent de s'effacer de l'univers,
De ce néant ils veulent faire des collines,
Des vallées, des chemins. N'est-ce que pierre
Et neiges ces montagnes, non, au sommet
De l'une, pas trop haute,
S'évase une prairie. Et de grande paix
Te semble, vu d'ici,
Le passage de l'ombre sur l'émeraude
De son herbe sans fin. Plus bas le fleuve
Rassemblant, éclairant. Vas-tu savoir
Espérer que cette évidence a quelque sens,
Qu'elle s'affermira dans ta parole,
Qu'elle sera l'aimant qui reprendra

尽管他们的双重爱火
沉溺在深夜。
在我们面前，我亲爱的朋友，是夜晚
还是一种不成形的黎明？太阳
无论如何，已处在红色蛋清的深处。

你，这个贫乏的世纪的
孩子，透过敞开的窗户
望着天空。世界，
难道是这阴沉的铁皮覆盖的屋顶，这雾霾，
这被玷污、被撕碎的书页？不，你的词语
拒绝从宇宙被抹掉，
它们要把虚无变成山丘、
河谷、道路。难道这些山峦
只是石头和积雪？不，
在一个不太高的山顶，
铺开一片草坪。从这里望去，
影子掠过无边的翡翠色的草地
好似巨大的宁静。江水在下面
汇聚，闪耀。你会懂得
希望这一明显的事情不无意义，
它在你的言语中得到强化，
它将是从绝望手里夺回

L'esprit au désespoir, vas-tu penser
Qu'il n'est de l'être qu'en image mais que c'est là
Suffisance mystérieuse, pour autant
Que ce néant consente à la lumière
Indifférente, increéée, par des gestes
De ses contours, des mouvements, du rire
Au profond de sa voix tragique se portant
Vers d'autres de ces ombres? Peut-être non.
Le ciel noircit d'un coup, la foudre tombe.

Mais tu te tournes
Vers ta chambre louée dans cette banlieue,
Elle est petite, mais ses murs sont presque blancs,
Et tu y as placé, en ce premier jour,
La *Diane et ses compagnes*, de Vermeer,
Une simple photographie mais d'un échange
De si grande douceur, à mains si pures
Que ces quelques figures se détachent
Du gris et noir de la couleur absente
Comme non le soleil mais mieux et plus.

精神的磁针，你会认为
存在只是表象，但那正是
神秘的自负所在。然而
这一虚无通过
其轮廓的动作，及其
嗓音深处的战栗和笑声
对冷漠的、原生的光表示赞同
会对其他影子发生影响吗？可能不会。
一时间，天色昏沉，雷声大作。

但是你转身
朝向在这个郊外租用的房间，
它不大，但几乎四壁空空，
你第一天就在那里挂上了
维梅尔[1]的《戴安娜和她的女伴》，
一张简单的照片，然而交流
是那么温柔，她们的手无比纯净，
几个面孔凸显出来
从灰暗的无色中，
好像不是太阳而胜似太阳。

---

1 约翰尼斯·维梅尔（Johannes Vermeer，1632—1675），巴洛克时代的荷兰画家。《戴安娜和她的女伴》（又名《戴安娜和仙女》）是维梅尔的一幅名作，构图和画风受伦勃朗和意大利画家的影响颇深，藏于荷兰海牙毛里茨皇家美术馆。

Un rêve, c'est mensonge. Mais rêver, non.
Que se fassent tes rêves
Deux combattants, l'un masqué, mais parfois
Riche de son visage découvert.

Tu regardes vivre le soir. Le ciel, la terre
Nus, allongés sur leur couche commune.
Et lui, rien que nuées,
Il se penche sur elle, prend dans ses mains
Sa face respectée.
Dieu? Non, mieux que cela. La voix
Qui se porte, essoufflée, au-devant d'une autre
Et riante désire son désir,
Anxieuse de donner plus que prendre.
Ne vas-tu pas penser, ce soir encore,
Que puissent devenir un même souffle
La matière, l'esprit? Que de leur étreinte
Apaisée, desserrée,
De la couleur, de l'or retomberait,
Quelque débris de verre, taché de boue,
Mais à briller, dans l'herbe?

Et la mort, comme d'habitude? Et n'avoir été

梦是谎言。但做梦不是。
愿你梦到
两个战士，一个蒙面，但偶尔
也会袒露真容。

你看夜晚生机勃勃。天，地
赤裸，共寝一床。
而夜，只有乌云，
向这可敬的脸颊俯下身去，用双手
将它捧起。
是上帝吗？不是，比上帝还好。
喘息急促的嗓音，迎向另一个嗓音
微笑着以它的希求为希求，
为付出多于获取而焦虑。
你不认为，就在今夜，
物质和精神
可能连成一气？从它们
平静的、轻松的拥抱中，
从色彩和金子中，会掉落
沾着泥土的玻璃碎片，
但仍将在草地上闪烁？

死亡呢，还是一如既往？

Qu'une image chacun pour l'autre, tisonnant

Un âtre, dans rien que nos mémoires, oui, je veux bien,

Mais souviens-toi

Des prairies de l'enfance: de tes pas

Pour t'allonger à regarder le ciel

Si lourd, de tant de signes mais se faisant

Immensément en toi cette bienveillance,

Les éclairs de chaleur des nuits d'été.

Heure présente, ne renonce pas,

Reprends tes mots des mains errantes de la foudre,

Ecoute-les faire du rien parole,

Risque-toi

Dans même la confiance que rien ne prouve,

Lègue-nous de ne pas mourir désespérés.

每个人对他人只是一个形象，
把我们记忆的炉火拨得更旺。是的，但愿如此，
但请你想一想
童年的草地：你的脚步，
躺下遥望阴沉，
布满先兆，却让你在自身感到
无比仁慈的天空，
还有夏夜炎热的闪电。
当下，切莫放弃，
从雷电漂泊的手中重拾你的词语，
听它们将虚无变成言说，
敢于冒险
在甚至无法证明的信心中，

留给我们不在绝望中死去的可能。

伊夫·博纳富瓦生平与创作年表简编

陈力川 编译

1923年	6月24日，生于法国卢瓦尔河畔的图尔市，父亲马里尤斯·艾利·博纳富瓦是铁路员工，母亲艾丽娜·博纳富瓦曾是护士，后来成为小学教师。伊夫是这个家庭的第二个孩子，姐姐苏珊娜生于1914年。
1929—1934年	入爱德华·瓦杨小学。 每年夏天去多瓦哈克的外祖父母家度假，同一个时期游览卢瓦尔河城堡。
1934年	入读笛卡尔中学。
1936年	5月6日，父亲艾利·博纳富瓦去世，博纳富瓦不足十一岁。 最后一次在多瓦哈克度假。
1937—1940年	入读笛卡尔高中，享受助学金。 初次接触圣博夫、奈瓦尔、波德莱尔和瓦雷里的诗歌。
1940年	图尔市及周边地区被德军占领，博纳富瓦在上学的路上遇到大批逃难的人群。

第一阶段高中会考。
读加斯东·巴什拉的《火的精神分析》。

1941 年　从高中哲学老师处借阅《超现实主义诗选》，愈来愈清醒地意识到他与诗歌的不解之缘。
成功通过数学和哲学高中会考，决定在笛卡尔高中读数学预科班。

1942 年　获得普瓦蒂埃大学普通数学证书。
创作第一首诗《宇宙的断裂》。
阅读英国天体物理学家、数学家亚瑟·爱丁顿和英国哲学家、数学家伯特兰·罗素的著作。
关注战事。

1943 年　放弃报考工程师高校，前往巴黎，入索尔邦大学数学系，但对诗歌的兴趣超过对数学、形式逻辑学和科学史的兴趣。
结识希腊语文学大学生艾丽亚娜·加多尼。

1944 年　尝试超现实主义自动写作法。

1945 年　由超现实主义画家维克多·布罗纳引介，结识一批年轻的超现实主义艺术家。
夏天时创作了一首超现实主义长诗《心—空间》（*Le Cœur-espace*）。
通过大学课外阅读，发现一批边缘和异

端学者的著作，这是大学教育所不能带给他的知识。

10 月，受聘于乔治·桑学校，教数学和自然科学，直到 1948 年。

1946 年

创办超现实主义杂志《革命·夜晚》(*La Révolution la Nuit*)，发表《心—空间》一诗的片段。

自费出版《钢琴家教程》(*Le Traité du pianiste*)。

拜访超现实主义运动领袖人物安德烈·布勒东，与超现实主义者过从甚密。

与艾丽亚娜·加多尼结婚。

1947 年

在超现实主义国际展前夕与布勒东决裂。博纳富瓦因反对超现实主义宣言赞同秘传的学说而拒绝签署该宣言，实际上脱离了超现实主义派，但是布勒东仍然坚持在该展览会的图录上发表博纳富瓦撰写的论文。

1948 年

重拾学业，攻读哲学。听哲学家让·瓦尔、让·伊波利特和加斯东·巴什拉的课。结识诗人保罗·策兰，阅读俄裔哲学家柴斯托夫、丹麦哲学家克尔凯郭尔和法国哲学家乔治·巴塔耶的著作。

1949—1953 年

首次去意大利、荷兰和英国旅行。

在让·瓦尔的指导下，撰写论文《波德

莱尔与克尔凯郭尔》，获得大学毕业文凭（后来博纳富瓦因不满意这篇论文而将文凭销毁）。

出于对意大利艺术的兴趣，到法国高等实践学院（EPHE）听安德烈·沙泰尔教授的讲座。

1953 年出版第一本诗集《多弗的动与静》（*Du mouvement et de l'immobilité de Douve*）。

1954—1957 年　首次出版艺术史著作《法国哥特时期的壁画》（*Peintures murales de la France gothique*）。译作《亨利四世》（第一部分）、《冬天的故事》、《恺撒大帝》、《哈姆雷特》分别于 1956 年和 1957 年在《莎士比亚全集》第三卷和第四卷中出版。

结识诗人菲利普·雅各泰、瑞士雕塑家阿尔伯托·贾科梅蒂、波兰裔法国画家巴尔蒂斯和比利时解构主义文学理论家保罗·德曼。

发表诗作《证人的威胁》（*Menaces du témoin*），为《恶之花》作序。

由让·瓦尔推荐，进入法国科研中心实习，计划撰写博士论文《符号与意义》（*Le signe et la signification*）。

与罗杰·李维合作完成短片《这个世界的王国》（*Royaumes de ce monde*），获图尔国际短片影展大奖。

1957 年秋，赴意大利和希腊旅行。

1958 年 出版第二本诗集《昨日统治荒漠》(*Hier régnant désert*)。
6 月至 9 月，首次去美国旅行，应邀在哈佛国际研讨会开办讲座。
7 月，《文汇》杂志发表博纳富瓦在法国科研中心的实习报告《英国与法国的批评家以及他们的差异》(*Critics, English and French, and the Differences Between Them*)。

1959 年 出版散文集《不大可能》(*L'improbable*)。
发表诗作《虔诚》(*Dévotion*)。
应邀去贝尔格莱德、斯科普里、萨格勒布和卢布尔雅那做讲座。
获法国《快报》颁发的“新浪潮奖”。

1960 年 应邀赴美国布兰迪斯大学讲课一个学期，其间在哥伦比亚大学、纽约大学、约翰·霍普金斯大学、普林斯顿大学、耶鲁大学等美国东海岸大学做讲座。
在赴美的“玛丽王后号”船上同露西·维纳一起旅行。在美期间，二人在剑桥和纽约数次见面。
博纳富瓦翻译的《恺撒大帝》在法兰西剧院上演，让·路易·巴罗导演，巴尔蒂斯设计舞台布景。
结识文学理论家让·斯塔罗宾斯基，日

后二人多次合作出书。

1961 年　出版《兰波自述》(*Rimbaud par lui-même*)、《第二种单纯》(*La Seconde Simplicité*)。译作《维纳斯与阿多尼斯》和《鲁克丽丝失贞记》在《莎士比亚全集》第七卷中出版。
与艾丽亚娜·加多尼分开。

1962 年　出版《哈姆雷特》单行本。
与露西·维纳迁入位于巴黎十八区勒比克街的寓所。

1963 年　再次应邀去美国布兰迪斯大学讲学一学期。
和露西尝试修复位于瓦勒桑特的一座坍塌的修道院。

1964 年　出版译作《冬天的故事》单行本。
整个夏天在瓦勒桑特修道院的废墟中度过。这一满怀希望的经验催生了诗集《刻字的石头》。

1965 年　出版第三本诗集《刻字的石头》(*Pierre écrite*)。
夏天再次去瓦勒桑特修道院。秋季返回布兰迪斯大学讲学。
12 月，与贾科梅蒂共进晚餐，这是二人最后一次见面。

1966年　贾科梅蒂1月11日辞世。
翻译莎士比亚剧作《李尔王》。
夏天在瓦勒桑特修道院度过。秋天去米兰、罗马和波隆那旅行。造访时任罗马美第奇法兰西学院院长的巴尔蒂斯。

1967年　在布兰迪斯大学讲学两学期，夏天返回法国。这是博纳富瓦最后一次乘船横渡大西洋。
出版散文集《在曼托瓦的梦》(*Un rêve fait à Mantoue*)。
夏天参加伦敦国际诗歌节。

1968年　1月，参加波德莱尔研讨会，演讲题目为《波德莱尔 vs 鲁本斯》。翻译《罗密欧与朱丽叶》。
2月28日，邀请保罗·策兰在寓所午餐，席间策兰表示他不应选择流亡法国，遗憾没有去以色列。
赴日本做系列讲座前，与露西·维纳结婚。去日本途经印度，拜会时任墨西哥驻印度大使的诗人帕斯（Octovio Paz）。回程在香港停留，去柬埔寨和伊朗旅行。
在普林斯顿大学讲“现代诗学与时间的困境”（“Modern Poetics and the Temporal Predicament”）。

1969年　去捷克斯洛伐克旅行。

在瓦勒桑特修道院度过夏天。
10月，开始在法国文森大学讲授马拉美。

1970年	出版《罗马，1630：早期巴洛克艺术的视野》(*Rome, 1630: L'horizon du premier baroque*)。 保罗·策兰投塞纳河自溺。 秋天赴日内瓦大学授课。
1971年	经帕斯推荐，应邀赴美国匹兹堡大学，任安德鲁·梅隆讲座教授。 结识美国雕塑家乔治·纳马，此后二人数度合作出书。 《罗马，1630：早期巴洛克艺术的视野》获法国批评奖。
1972年	3月11日，博纳富瓦和露西·维纳的女儿玛蒂尔德出生。 出版散文集《他乡》(*L'Arrière-pays*)。 母亲艾丽娜·博纳富瓦在图尔去世。 再次赴日内瓦大学讲学。
1973年	赴美国卫斯理大学讲学。回巴黎后结识法国诗人、画家亨利·米肖。
1973—1976年	任法国尼斯大学客座教授。 1975年，出版第四本诗集《在门槛的诱惑中》(*Dans le leurre du seuil*)。

1977 年 出版散文集《横马路》(*Rue Traversière*)和《红云》(*Le Nuage rouge*)。后者获费米娜–瓦卡海斯库奖。
首次赴美国耶鲁大学讲学。

1978 年 获席勒基金会蒙田奖。
图尔市立图书馆首次举办伊夫·博纳富瓦作品展。

1979 年 任法国艾克斯–普罗旺斯大学客座教授，直到 1981 年。
第二次赴耶鲁大学讲学。

1980 年 11 月，法兰西公学教授大会投票设立比较诗学讲席。

1981 年 3 月，博纳富瓦当选法兰西公学比较诗学教授。首讲于 12 月 4 日晚举行。与博纳富瓦竞争这一教席失利的罗马尼亚裔法国诗人伊西多尔·伊苏的数名支持者企图闹场，险些与博纳富瓦的支持者发生斗殴，遂遭驱逐。博纳富瓦以“在场与形象”为题发表演讲。
此后十二年间，博纳富瓦在法兰西公学第八号大厅公开授课，内容涉及贾科梅蒂、莎士比亚、古希腊悲剧、意大利绘画、波德莱尔、马拉美、儒勒·拉弗格等诗人和艺术家。1999 年，出版《形象的地点与命运：法兰西公学的诗学课程（1981—1993）》(*Lieux et destins de l'image: un cours de poétique au Collège de France 1981–1993*)。
1981 年春，作为 Regent's Lecturer 赴美国加利福尼亚大学讲学。
1981 年 6 月 11 日，获法兰西学院诗歌大奖。
1981 年 10 月，由博纳富瓦主编、一百多位作者参与编写的《传统社会及古代世界的神话和宗教辞典》(*Le Dictionnaire des mythologies et des religions des sociétés traditionnelles et du monde antique*）上下卷出版。

1982 年　翻译莎士比亚《麦克白》。

1983 年　邀请阿根廷作家、诗人博尔赫斯在法兰西公学发表演讲，引起轰动，现场秩序混乱。面对校方的忧虑，博纳富瓦表示下次将邀请一位化学家演讲。
出版译作《麦克白》。

1984 年　1 月，当选为纽约城市大学人文及科学院荣誉院士。
第三次赴耶鲁大学讲学。
夏天去瑞士瓦莱州的小镇拉龙拜访里尔克的墓地。

1985 年　秋季在美国威廉姆斯学院讲学。

1986 年	2 月 6 日，去日内瓦医院探望住院的博尔赫斯。 2 月 14 日，赴纽约城市大学博士生学院讲学，此后每年一次，直到 1997 年。 6 月 14 日，博尔赫斯辞世。
1987 年	在爱丁堡、剑桥、牛津做讲座。 夏天首次访问爱尔兰，在叶芝大学授课。 出版诗集《先于光的存在》（*Ce qui fut sans lumière*）、散文集《梦中叙事》（*Récits en rêve*）。
1988 年	博纳富瓦翻译的《哈姆雷特》在法国亚维农戏剧节上演。 出版散文集《话语的真实》（*La vérité de parole*）。
1989 年	出版译作《叶芝诗四十五首》（*Quarante-cinq poèmes de Yeats*）。
1990 年	出版《1972 年—1990 年诗歌访谈录》（*Entretiens sur la poésie, 1972–1990*）。 4 月，去布拉格旅行。
1991 年	出版《阿尔伯托·贾科梅蒂作品评传》（*Alberto Giacometti, biographie d'une œuvre*）。
1992 年	5 月 11 日，接受都柏林三一学院授予的

荣誉博士学位。

10 月 9 日至 11 月 30 日，法国国家图书馆举办《博纳富瓦书籍文献展》。

1993 年　出版诗集《漂泊的生活》(*La vie errante*)、译作《莎士比亚诗选》(*Poèmes de Shakespeare*)。

结束在法兰西公学的授课。

1995 年　获颁德尔·杜卡国际奖和巴赞奖。巴赞奖的颁奖词说：博纳富瓦的“批评和历史著作与其伟大的诗歌作品密不可分，对理解艺术的现状作出了特殊的贡献。在比较诗学研究中，他的诠释深刻地更新了我们对过去一流作品喜爱的原因”。

7 月 12 日，接受爱丁堡大学授予的荣誉博士学位。

最后一次去威廉姆斯学院讲学。

出版论著《素描、色彩与光》(*Dessin, Couleur et lumière*)。

1996 年　在女儿的劝说下，买了第一台电脑。电脑对博纳富瓦的写作产生了深刻的影响。

1997 年　最后一次赴纽约城市大学讲学。

1998 年　出版《戏剧与诗歌：莎士比亚与叶芝》(*Théâtre et poésie: Shakespeare et Yeats*)。

4 月 17 日，帕斯辞世。

1999 年　翻译莎士比亚《安东尼与克莉奥佩特拉》。

8 月 26 日，马其顿斯特鲁加诗歌节授予博纳富瓦“金冠奖”。

2000 年　5 月 27 日，获颁意大利雷卡纳蒂“莱奥帕尔迪奖”，以“莱奥帕尔迪的榜样和教诲”为题发表获奖词。

9 月 6 日，获颁日本首届“正冈子规国际俳句赏”，以“俳句、短歌形式与法国诗人”为题发表获奖词。

出版论著《翻译者群体》(*La communauté des traducteurs*)。

出版法国国家图书馆系列讲座《波德莱尔：遗忘的诱惑》(*Baudelaire: la tentation de l'oubli*)。

2001 年　1 月 24 日，接受罗马第三大学授予的荣誉博士学位，以“诗歌与建筑”为题发表演讲。

当选为美国艺术文学院外国荣誉院士。

出版诗集《弯曲的船板》(*Les planches courbes*)。

2002 年　出版研究莎士比亚、波德莱尔和马拉美的论著《在语言的地平线下》(*Sous l'horizon du langage*)，以及研究普鲁斯特、贾科梅蒂、毕加索、莫兰迪的著作《关于眼光》(*Remarques sur le regard*)。

第一个中译本《博纳富瓦诗选》出版(郭宏安、树才译，北岳文艺出版社)。

2003年 6月24日，博纳富瓦的亲朋好友一百余人在巴黎历史博物馆的花园为他庆祝八十岁生日。

2004年 1月28日，博纳富瓦接受美国艺术文学院院士徽章，仪式在该院院士威廉·杰·史密斯的家中举行。2003年博纳富瓦曾因美国出兵伊拉克拒绝从美国驻法大使手中接受这枚徽章。

出版诗集《阿勒斯巨石阵》(*Ales Stenar*)，以及与赵无极合作的诗画集《无秩序》(*Le Désordre*)。

5月31日，接受意大利锡耶纳大学授予的荣誉博士学位，以“诗歌与大学”为题发表演讲。

出版纪念里尔克的散文集《无人沉睡》(*Le sommeil de personne*)。

2005年 出版译作《彼特拉克十四行诗十九首》(*XIX sonnets de Pétrarque*)。

6月，参加布拉格作家节。

《弯曲的船板》前后两年被列入法国高中三年级文学教程。

2006年 出版散文集《难解之谜的策略》(*La stratégie de l'énigme*)、《在镜子的碎片中》(*Dans un débris de miroir*)、《形而上的想象》(*L'imaginaire métaphysique*)、《戈雅：黑色绘画》(*Goya: les peintures noires*) 和《倒数第二个音节的秘密》(*Le secret de la pénultième*)。
7 月，获中国首届中坤国际诗歌奖。书面答谢词题为"法国诗歌与中国诗歌"。
10 月 30 日，在布拉格获颁弗朗茨·卡夫卡奖，以"卡夫卡与诗歌"为题发表获奖词。

2007 年　出版散文集《诗歌与音乐的联姻》(*L'alliance de la poésie et de la musique*)、《使策兰不安的东西》(*Ce qui alarma Paul Celan*)、《莱蒙·马松，精神的自由》(*Raymond Mason, La liberté de l'esprit*) 和《友情与思考》(*L'amitié et la réflexion*)。

2008 年　出版诗集《长锚链》(*La longue chaîne de l'ancre*)、散文集《大空间》(*Le grand espace*)。
应邀访问迦太基突尼斯学院。

2009 年　出版散文集《我们需要兰波》(*Notre besoin de Rimbaud*)。

2010 年　出版诗集《在一座寺庙旁听到的声音》(*Voix entendue près d'un temple*)、论著《批评家群体》(*La communauté des critiques*)、

散文集《从第一天开始的美》(*La beauté dès le premier jour*)、《不可完成的：1990年—2010年诗歌访谈录》(*L'Inachevable Entretiens sur la poésie 1990–2010*)、散文集《话语是受害者的世纪》(*Le siècle où la parole a été victime*) 与《草之地》(*Le lieu d'herbes*)。

2011年 出版诗集《当下时刻》(*L'heure présente*)、散文集《在波德莱尔的影响下》(*Sous le signe de Baudelaire*)。

2012年 出版译作《彼特拉克诗二十四首》(*Je vois sans yeux et sans bouche je crie, 24 sonnets de Pétrarque*)、散文集《画树的若干理由》(*Plusieurs raisons de peindre des arbres*)。

2013年 出版论著《可辨听的另一种语言》(*L'autre langue à portée de voix*)、散文集《没有传奇的圣杯》(*Le Graal sans la légende*)。

2014年 出版论著《莎士比亚：戏剧与诗歌》(*Shakespeare: Théâtre et Poésie*)、《波德莱尔的世纪》(*Le siècle de Baudelaire*) 和《诗歌与摄影》(*Poésie et photographie*)。法中双语对照诗集《词语的诱惑与真实》(*Leurre et vérité des mots*) 出版（陈力

川译，牛津大学出版社)。

2015 年　出版诗集《大熊星座》(*La grande ourse*)、论著《哈姆雷特的犹豫与莎士比亚的决断》(*L'hésitation d'Hamlet et la décision de Shakespeare*)。
获颁意大利诺尼诺国际文学奖。

2016 年　出版论著《诗歌与真知》(*La poésie et la gnose*)、散文集《红围巾》(*L'écharpe rouge*)、诗集《仍然在一起》(*Ensemble encore*)。
7 月 1 日，逝世于巴黎。

伊夫·博纳富瓦简介

伊夫·博纳富瓦1923年6月24日生于法国图尔，父亲是铁路员工，母亲是小学教师。他在图尔笛卡尔高中数学班毕业后，到巴黎半工半读，学习哲学。1955年至1958年在法国科研中心实习，研究盎格鲁-撒克逊文学批评。1946年开始发表诗作，1953年法国水星出版社出版了他的第一部诗集《多弗的动与静》。1960年后，他应邀在法国、瑞士和美国等多所大学讲学，1981年当选为法兰西公学教授，讲授比较诗学，1993年退休后任荣誉教授。

博纳富瓦被公认为20世纪中叶以来最重要的法国诗人，也是著名的翻译家和批评家，六十年来出版了二十多部诗集和三十多部文学艺术评论集，其作品被翻译成三十二种文字，尤以英文、德文、意大利文为多。博纳富瓦多次荣获法国和外国的诗歌及文学大奖：席勒基金会蒙田奖（1978年）、法兰西学院诗歌大奖（1981年）、龚古尔诗歌奖（1987年）、巴赞奖（1995年）、德尔·杜卡国际奖（1995年）、弗朗茨·卡夫卡奖（2006年），以及来自法国、意大利、日本、美国、加拿大、瑞士、中国、墨西哥等其他国家的奖项。博纳富瓦是芝加哥大学、都柏林三一学院、爱丁堡大学、牛津大学、纳沙泰尔大学、罗马第三大学、锡耶纳大学、那不勒斯大学、巴黎美国大学的荣誉博士，还是美国艺术文学院和美国人文与科学院的外国荣誉院士。